外国人墓地を見て死ね

西村京太郎

双葉文庫

目次

十津川警部
外国人墓地を見て死ね

第一章　ヨコハマ

1

警視庁捜査一課の西本刑事は、ベッドに横になって、テレビを観ていた時、懐かしい女の声の、電話を受けた。

「私よ、わかる？」

女の声が、きく。

「美奈《みな》君だろう？」

と、西本が、いった。

「当たり」

「よく、僕の携帯の番号を、しっていたね」

「去年の同窓会で集まった時に、お互いに番号を、教え合ったじゃないの」

「あ、そうか」

「西本君は、今も、警視庁の刑事さんなの？」

「ああ、今でも刑事をやっている」

「明日だけど、会えないかな？」

「僕も、一応は、サラリーマンだけど、刑事だからね。土日でも、事件があれば、いかなければならないんだ」

「明日の午後一時に、横浜《よこはま》の外国人墓地の前で、会ってくれないかな？　相談したいことがあるの」

「外人墓地か」

「今は、外国人墓地というの。正面入口のところで、明日の午後一時、ぜひ会ってほしい」

「今もいったような理由で、必ずいくとは、約束できないけど、事件がなければ、明日の午後一時に、外国人墓地にいくよ」

「お願いね」

と、いって、美奈は、電話を切った。

2

西本は、S大では、空手部に入っていたが、カメラの愛好クラブにも入っていた。

撮影会の時には、篠塚《しのづか》美奈に、よく、モデルをやってもらった。美人で、スタイルがよかったからだ。卒業して五年、彼女は、当然、結婚しているものと、思っていたのだが、去年の同窓会で会った時には、まだ独身だといっていた。

その同窓会に集まったのは、全部で十六人。お互いに、携帯電話の番号を、教え合ったかどうか、西本は、覚えていなかった。それでも、篠塚美奈が、こちらの携帯電話の番号を、覚えていてくれたことは、嬉しかった。

西本は、起きあがると、机の引き出しを探した。刑事になってからは、事件に追われ、大学時代のように、カメラを持って、自然や人物を写して歩くようなことは、しなくなったが、それでも何枚かは、撮《と》った写真を、アルバムに整理してある。大学時代のものも、あったはずである。

引き出しの底のほうから、当時のアルバムを見つけ出して、もう一度ベッドに転がると、そのアルバムを、繰《く》っていった。

篠塚美奈を、モデルにして、撮った写真も、数枚あった。

一枚ずつ見ていき、

「やっぱり美人だな」

と、呟いてから、何となく、嬉しくなって、ひとりで、にやっとしてしまった。

翌日、三月十四日の土曜日。西本は、霞《かすみ》が関《せき》の警視庁に出勤すると、直接の上司である十津川警部に、午後から、休暇を取りたいと、願い出た。

「デートか？」

と、十津川が、いう。

「いえ、そんなもんじゃありません」

むきになって、西本が、いうと、

「今のは冗談だよ。有給休暇を、取りたまえ。今年になってから、まだ一度も、取っていないだろう」

「ありがとうございます」

「事件が起きたら連絡する」

「はい。わかっています」

「それにしても、何だか嬉しそうな顔をしているな」

十津川は、からかうように、いった。

「大学時代の同窓生と、横浜で、会うことになっています。昨夜遅く、彼女から、急に、電話がかかったんです」

「美人か？」

「そうです。美人です」

と、西本は、いったあと、

「一年ぶりに、会うんですが、気にかかることがありまして」

「どういうことだ？」

「彼女は、私が、まだ刑事をやっているかと確かめてから、そのあとで、相談したいことがあると、いったんです」

「なるほどね。刑事である君の助けを、必要とすることなのかも、しれないな。とにかく、相談に、乗ってあげなさい」

と、十津川が、いった。

3

西本は、地下鉄で、東京駅に向かった。東京駅から、横浜に向かう。

横浜駅で、降りてからは、時間が迫っていたので、タクシーに乗り、外国人墓地にと、行き先をいった。

外国人墓地は、横浜の、いわゆる、山手《やまて》と呼ばれる地区にあった。

西本は、写真では、見たことがあったが、外国人墓地にくるのは、初めてだった。

墓地の正面入口のところに、四、五人の若者が、テーブルを置き、椅子に腰をおろしたり、プラカードを持ったりして、何か、呼びかけている。

近づいてみると、外国人墓地の維持、保存のための募金と、管理保全を役所に陳情する、署名をお願いしたい。そう、呼びかけていた。

西本も、パソコンで作ったと思われる、チラシを渡された。

それによると、この、外国人墓地は、幕末に、事故死した水兵を、横浜を一望できる丘に、埋葬したのが始まりで、一八五〇年代から一九〇〇年代の、戦前までの死者が、多いという。大部分は、人種、宗教に関わりなく、明治維新の頃、日本の学術や産業に尽くしてくれた、外国人の墓である。

しかし、その子孫は、必ずしも、日本に住んでいるわけではなくて、ほとんどが、本国に、帰ってしまい、外国人墓地を、維持していくための送金も、少なくなっていると、チラシには、書いてあった。

横浜の名所の一つとして、外国人墓地は、三月から十二月下旬までの、土、日、祭日に、一般公開されている。ここにきて少しばかり荒廃しているから、維持、保存するために、NPO（民間非営利組織）として、寄付を募《つの》っているのだという。

チラシを読んでいるうちに、約束の午後一時になった。

しかし、正面入口に、美奈は、なかなか現れなかった。五分すぎ、十分すぎても、彼女の姿が見えない。

ひょっとすると、墓地のなかで待っているのかもしれない。そう思って、西本が、寄付としての料金を払って、なかに入った時、墓地の奥のほうで、女の悲鳴が、きこえた。

一瞬立ち止まり、次の瞬間、走り出したのは、西本の刑事としての、性《さが》のようなものかもしれなかった。

外国人墓地のなかは、平らではなくて、奥に向かって、傾斜している。コンクリートの階段があったり、S字カーブのような、急勾配の道がある。その細い道を、西本は、奥に向かって、走った。

一番奥の、大きな墓石の前で、四、五人の男女の人だかりがあった。

たぶん、このなかの若い女性が、悲鳴をあげたらしい。

「死んでいるの?」

と、女が、呟いている。

「早く、一一九番したほうがいいんじゃないの?」

「いや、一一〇番だ」

と、小声で、いい合っている。

西本は、その人だかりの外から、なかを覗きこんだ。

二メートル近い、大きな墓石の前に、若い女が、俯せに、倒れている。動く気配は、ない。

西本が、近づこうとすると、

「触《さわ》らないほうが、いいんじゃないか?」

人だかりのなかから、中年の男の声が、きこえた。

「私は刑事だ」

西本は、大声でいい、かがみこむと、その若い女を、抱えるようにして、仰向けにした。

コートの下は、白いワンピースだった。その胸のあたりが、真っ赤に、染まっていた。どうやら、胸を、刺されたらしい。

その顔を見て、一瞬、西本は、篠塚美奈ではないかと、息をのんだが、よく見れば、彼女ではなかった。

「どうなっているの？」

と、人だかりのなかから、若い女が、きいた。

「死んでいるの？」

西本は、黙って顔を、近づけた。

息をしている気配はない。心臓も止まっている。

西本は、立ちあがると、

「死んでいます」

と、そこに、集まっている人たちにいってから、自分の、携帯電話を取り出して、一一〇番した。

4

十分もしないうちに、神奈川《かながわ》県警のパトカーと、鑑識がやってきた。

その刑事たちのなかから、川口という、若い警部が、西本に向かって、

「一一〇番したのは、あなたですか?」

と、きく。

「そうです」

「お名前を、おききしておきましょうか?」

「実は、私は、警視庁捜査一課の人間です」

西本は名刺を渡した。

川口は、ちょっと驚いた顔になって、

「今日は観光ですか?」

「そうです。休暇を取って、この横浜の外国人墓地を、見にきたんですが、こんな事件にぶつかってしまいました」

西本が、答えた。

県警の検視官が、かがみこんで、死体を調べている。

刑事のひとりが、コートのポケットから、運転免許証を見つけて、

「身元がわかりました」

と、川口に、いった。

「名前は、篠塚美奈、二十八歳。元町《もとまち》近くのマンションが、住所になっています」

その声で、西本の顔は、えっという表情になった。

本当かと、きこうとして、やめた。

西本のしっている女性以外にも、篠塚美奈という名前の女性が、いるかもしれなかったからである。

検視官は、かがみこんだまま、川口警部に向かって、

「二カ所、鋭利な刃物で、刺されている。どちらかが、致命傷になったと、思われるね」

「それなら、犯人も、返り血を浴びているんじゃないか?」

「それは、わからない。後ろから羽交い締めにして刺していれば、返り血は、そ

れほど、浴びていないだろうからね」

と、検視官が、いった。

死体の周りには、キープアウトの、テープがめぐらされ、刑事のひとりが、正面入口にいたNPOの人たちに向かって、しばらくの間、外国人墓地のなかに、人を入れないようにと、指示した。

第一発見者の、若い女性は、気分が悪くなったため、パトカー内で、事情聴取されていた。

現場に、残っているのは、県警の刑事と、西本だけになった。

「死体を発見された時の、状況を、話してくれませんか?」

川口警部が、西本に、いった。

「外国人墓地にきたのは、午後一時ちょうどくらいです。正面入口のところで、NPOの人たちが、チラシを渡してくれたので、それを読んでいたんですよ。その後、なかに入ろうとしたら、突然、奥のほうで、女性の悲鳴が、きこえました。それが、午後一時十二、三分だったと、思います。私は刑事なので、反射的に、悲鳴のきこえたところに向かって走りました。そうしたら、この大きな墓石の前に、四、五人の人が集まっていたんです。それで、騒ぎのなかに、入っていったら、若い女性が、俯せに倒れていたんです。どうなっているのかと思って、仰向けにしてみたら、胸のあたりが、血で真っ赤になっていました。息もしていないし、心臓も止まっているので、一一〇番したのです」

「悲鳴は、被害者があげたと思いますか？」

「いや、血はもう乾いていましたから、死体を見つけた女性だと思いますね」

「これから司法解剖に回しますが、そのあとで、いろいろと、おききすることが出てくると思うので、今日は、申しわけありませんが、横浜にいてくれませんか？」

川口警部が、いった。

「それは、構いませんが、私の上司に、一応、話をしてください」

「ええ、わかっています。どこか、希望のホテルがあれば、そこの部屋を、予約しておきますが」

と、川口警部が、いう。

西本は、少し考えてから、

「横浜では一番高い、七十階くらいの超高層ホテルが、あるそうですが、できれば、そこに泊まりたいですね」

「たぶん『横浜ロイヤルパークホテル』だと思いますから、私のほうで、予約を取っておきます」

殺人事件に遭遇したため、結局、美奈と、会えなかった西本は、県警のパトカーで、中華街まで、送ってもらい、少し遅めの、昼食をとることにした。

その後、横浜の地図を、見ながら、ゆっくり〈横浜ロイヤルパークホテル〉まで、歩いていった。

〈横浜ロイヤルパークホテル〉は、今から、十五、六年前に、建設されたと、西本は、きいている。

それなのに、現在もなお、横浜のホテルのなかでは、一番の、超高層ホテルといわれている。

ロビーに入っていくと、神奈川県警のほうで、すでに、部屋を取っておいてくれた。一般客室のなかでは、一番高い、六十七階である。

部屋に入り、窓のカーテンを開けると、横浜の街が、一望できる素晴らしさだった。

その景色を見ながら、西本は、十津川警部に、携帯電話をかけた。

「事件に、ぶつかってしまいまして、神奈川県警の要請で、今日は、こちらに、泊まらなければ、ならなくなりました」

西本が、いうと、

「さっき、県警から連絡があったよ。君が、通報したそうじゃないか？」

「そうなんです。外国人墓地のなかに、若い女性の死体があったので、神奈川県警に、しらせました」

「殺人事件だそうだね」

「そうです。胸を二カ所、刺されて、死んでいました」

「まさか、君が、今日、外国人墓地の前で会うことになっていた、大学の同窓生じゃないだろうね？」

「いや、別人でした。ただ、妙なことに、被害者は、私が今日、会うことになっていた、女性と、同じ名前なんです」

「しかし、別人なんだろう？」

「そうです」

「ところで、君は、その同窓生に、会えたのかね？」

「いや、まだ、会っていません。約束の場所に、彼女は、現れませんでした。たぶん、外国人墓地の前に、パトカーや、鑑識の車が駐まっていて、騒然となっていたので、こなかったんじゃないかと、思います」

「心配じゃないか？」

「今も、申しあげたように、被害者は、同姓同名でしたが、私が会おうと思っていた、同窓生じゃありませんでしたから」

とだけ、西本は、いった。

「とにかく、神奈川県警には、できるだけ、協力したまえ。また何かあったら、私に電話してくれ」

と、十津川は、いった。

5

午後六時になって、西本は、ルームサービスで、夕食をとることにした。部屋のテレビを見ながら、食事を、したかったからである。

六時のニュースで、必ず、外国人墓地で起きた殺人事件についての報道があるだろうと、思ったのだ。

肉料理を、食べながら、テレビを見る。

六時のニュースが、始まった。

画面に、外国人墓地の正面入口が、映し出された。そこには、NPOの人たちも映っている。

アナウンサーがいう。

「今日の午後一時すぎに、横浜の外国人墓地で、殺人事件が、起きました。外国人墓地の一番奥のあたり、大きな墓石の前で、若い女性が、胸を二カ所刺されて死亡しているのが発見されました。凶器は、発見されておりません。警察の調べによると、被害者は、元町近くの、ビレッジ元町というマンションの、五〇五号室に住む、篠塚美奈さん、二十八歳とわかりました」

マンションの外観が映し出される。

「管理人の話によると、篠塚美奈さんは、今日も、いつもどおりに、出かけたということです。現在、犯行動機は、男女関係の縺れか怨恨とみて、犯人は、被害者と、顔見知りではないかと考え、その線で、捜査を進めています。篠塚美奈さんは、元町商店街の、ブランド製品を売る店で、店長を務めていました」

これが、六時のニュースだった。

テレビ画面には、篠塚美奈、二十八歳とテロップが出て、そこに、若い女性の顔写真が出た。

改めて、篠塚美奈に、似《に》ているなと思ったが、もちろんよく見れば、別人である。

あの大きな墓石の前で死んでいた女の顔である。

運転免許証には、死んだ女性の写真が、あったのだろうか？

西本は、テレビを見ながら、夕食をすませたが、その間も、時々、テーブルの上に載せた、自分の携帯電話に、目をやっていた。

今日の午後一時に、外国人墓地の前で、篠塚美奈と、会う約束になっていたのである。

もしかすると、事件の起きた直後に、彼女は、きたのかもしれない。

ところが、パトカーが、いたりして騒然となっていたので、姿を消したのだとすれば、また、今の六時のニュースを見て、自分と同じ名前の、篠塚美奈という二十八歳の女性が、殺されたとしったら、必ず、西本に電話を、かけてくるに違いない。

そう思って、待っているのだが、一向に、テーブルの上の携帯電話は、鳴らないのだ。

西本のほうから電話をして、今日の事件に、彼女が、関係しているのかどうか、ききたいのだが、肝心の彼女の、携帯電話の番号を、しらなかった。かかってきた電話は、非通知となっていた。

昨日の夜の電話で、美奈は、一年前の同窓会の時に、携帯電話の番号を、教え合ったじゃないのといったが、西本には、教え合ったという記憶が、ないのである。

西本のアドレス帳にも、登録はされていなかった。横浜のほうに住んで仕事をしていると、きいた気はするのだが……。

さすがに心配になって、西本は、大学時代の、親しい友人、何人かに、美奈の携帯電話の番号を、きいてみたが、しっている者は、いなかった。

部屋にいても、落ち着かないので、ホテルの案内パンフレットを、見てみると、七十階に、スカイラウンジがあると、書いてあった。展望絶景ともある。

西本は、携帯電話を、ポケットに入れると、エレベーターで、七十階まで、あがっていった。

このスカイラウンジは、ホテルの宿泊客だけに、開放されているわけではないらしく、外からも若いカップルが大勢きていて、横浜の夜景がよく見える窓際に、腰をおろして、食事を楽しんだり、ワインやビールを飲んでいる。

西本はひとりで、ビールを飲むことにした。依然として、西本の携帯電話は、鳴らない。

（どうなっているんだ）

と、思った時、

「やっぱり、ここでしたか」

と、声をかけられた。

神奈川県警の川口警部が、西本の隣に、座った。

川口は、注文したワインを、飲みながら、

「六時のニュース、ご覧になりましたか？」

と、きく。

「ええ、見ましたよ」

「感想はいかがですか？」

感想という、川口のいい方に、ちょっと違和感を覚えながら、

「私は、警視庁の人間です。今日、外国人墓地で起きた事件は、神奈川県警の、所轄ですから、私には関係ありません」

と、西本は、いった。

「本当に関係ありませんか？」

「それ、どういうことですか？　私が、今日起きた殺人事件に、興味を持って、勝手に動いたら、かえって、神奈川県警の、お邪魔になるんじゃありませんか？」

「被害者、篠塚美奈の、マンションにいってきました」

「マンションは、ニュースで、見ましたよ」

「2LDKの、なかなか、豪華な部屋でした」

と、川口が、いう。

どうも、川口の言葉が、引っかかってきて、西本は、つい、渋面《じゅうめん》を作った。

「そうですか、豪華なマンションですか」

「実は、寝室に、ナイトテーブルが置いてあったんですけど、そのテーブルの引き出しのなかに、メモ用紙が、ありましてね。そのメモ用紙に、西本刑事と、ボールペンで、書いてありました。それから、これは、携帯の番号だと思うんですが、この数字が書いてありました」

川口は、そのメモを、西本に、見せた。

「この数字は、ひょっとして、西本さんの携帯の番号じゃ、ありませんか？」

「ええ、私の、携帯の番号ですが」

「西本さんは、前から、あの被害者を、しっていたんじゃ、ありませんか？　それなら、そうといってくだされば、こちらも、もっと、スムーズに、捜査が進んだと、思いますがね」

川口は、少し怒ったような口調で、いった。

「ちょっと、待ってください」

西本は、慌てて、相手の言葉を制してから、

「実は、昨夜遅く、大学時代の同窓生から、電話がありましてね。名前は、篠塚美奈です。明日の午後一時に、会いたいので、横浜の外国人墓地の前にきてくれといわれたんですよ。それで今日、外国人墓地に、いきました。午後一時十分まで待ったんですが、彼女が現れないので、ひょっとすると、墓地のなかにいるんじゃないかと思って、なかに入ろうとしたら、悲鳴がきこえたんです。倒れていた女性を、私は、一瞬、篠塚美奈じゃないか、そう思って、抱き起こして、仰向けにしました。顔が、よく似ていました。しかし、よく見ると、私が、会うことになっていた、篠塚美奈じゃありませんでした。別人です。ほっとしながら一一〇番しました。県警の刑事が、被害者のコートのポケットから、運転免許証を見

つけて、被害者は、篠塚美奈、二十八歳といった時には、びっくりしました。しかし、今もいったように、顔は、よく似ているが、私のしっている篠塚美奈じゃなかった」

「それなら、どうして、そういってくださらなかったんですか？」

「いおうとしたんですが、世の中には、同姓同名の人が、いるのではないか、一瞬、不思議だとは思いましたが、黙っていたんです」

「このメモに、書かれているのは、間違いなく、あなたの名前と、あなたの、携帯の番号ですよ」

「それで今、私も、驚いているんです。私の名前や携帯電話の番号が、メモ用紙に書いて、ナイトテーブルの引き出しのなかに、あったとすると、県警が、家宅捜索にいった、元町のマンションというのは、大学の同窓生の、篠塚美奈の、マンションということになってきます。しかし、殺されたのは、私の友人の篠塚美奈じゃありませんよ」

6

西本の話に、今度は、川口警部が、渋面を作った。

「確認しますがね、西本さんは、今日、外国人墓地の前で、大学時代の同窓生、名前は篠塚美奈という女性と、会うことになっていた。そうしたら、外国人墓地のなかで、若い女性が、殺された。しかし、彼女は、あなたが、しっている篠塚美奈では、ないんですね？」

「ええ、違いますよ。顔は、よく似ていますが、私のしっている、篠塚美奈じゃありません」

「そうなると、西本さんのしっている、篠塚美奈という女性は、殺されずに、まだ、生きていることになりますね？」

「ええ、もちろんです」

「それならば、どうして、電話をかけてこないんでしょうか？　六時のニュースを見たら、自分が、死んだことになっている。そう思ったでしょう？　当然、西本さんに、電話してくるはずだと思いますが、彼女から電話がありましたか？」

「いや、ありません。私も、彼女が電話してくるものと思って、こうして、ポケットに、携帯を入れて、時間を潰していたんです」

「どうも、すっきりしませんね」

「私のほうから、質問しますが、被害者の、コートのポケットに、入っていた運転免許証は、間違いなく、篠塚美奈という名前でしたか？」

「ええ、そうですよ」

「住所は、元町近くの、マンションに、なっていたんですか？」

「だからこそ、その、マンションにいったんじゃないですか」

「運転免許証の顔写真は、どうですか？　その顔写真が、私のしっている篠塚美奈だったら、被害者とは、顔が、違いますよ」

「いや、顔は、被害者の顔でした。だから、誰も、疑わなかったんです」

「まだどうにも、すっきりしませんね」

川口が、繰り返す。

「あなたが、会う約束をしていた、篠塚美奈さんが、今もまだ生きているのなら、当然、あなたに、連絡してくるはずだ。もう一度、確認しますが、連絡がない。そうですね？」

「ええ、そうです。待っているんですけどね。まだ、連絡はありません」

「篠塚美奈さんは、自宅マンションにいるか、元町商店街のブランド物の店の、店長ですから、そこにいるかでなければ、おかしいでしょう？　それが、どちらにも、いないんですよ。マンションの管理人も帰宅を見ていないし、その店の人も、今日は、篠塚美奈さんのことを見ていない、そういっているんです」

「そのあたりのことは、私にも、わかりません。まだ、同窓生の篠塚美奈の、マンションにいったこともないし、彼女の店にも、いったことが、ないんだから」

西本も、相手と同じようにいらいらして、口調が、荒っぽくなっていた。

7

「では、篠塚美奈さんの、マンションに、いってみませんか？」

川口が、誘った。

西本も、真相が、しりたかったから、すぐ同意して、腰をあげた。

ホテルの駐車場に、川口は、覆面パトカーを、駐めていた。それに乗って、元町近くのマンションに、向かう。

七階建ての、洒落たマンションだった。

川口は、管理人から五〇五号室の鍵を借りて、西本と、エレベーターに、乗った。

「本当に、この、マンションにきたことはないんですか？」

川口が、エレベーターのなかで、きく。

どうやら、西本の言葉が、信じられないらしい。

「ええ、もちろん、初めてです」

五階で降り、五〇五号室の鍵を開けて、なかに入った。

2LDKだが、広いリビングに、置かれた調度品も、寝室のベッドや、ダイニングテーブルも、かなり高級品だと、西本にもわかった。

「寝室の、このナイトテーブルの引き出しのなかに、このメモが、あったんですよ」

川口が、ポケットから、例のメモを取りだして、テーブルの上に、置いた。

「ちょっと、捜し物をしていいですか？」

西本が、いった。

「構いませんが、何を捜すんですか？」

「大学時代に、私は、カメラの、愛好クラブに入っていたんです。その時によく、篠塚美奈に、モデルになってもらったことがありましてね。その写真を、何枚か、彼女にあげているので、机の引き出しなんかに、その写真が、あるかもしれません」

と、西本が、いった。

机の引き出しを、捜してみると、やはり、あった。大学時代の、篠塚美奈の写真である。

西本は写真を、川口警部に見せて、

「これが、私が会うことになっていた、篠塚美奈ですよ。被害者に、よく、似ているでしょうが、よく見ると、違いますから」

「なるほど。よく見れば、別人ですね」

やっと、川口が、納得したように見えた。

それでも、

「これは、大学時代の、写真でしょう。現在二十八歳だから、少しは、顔立ちが、違っているかもしれませんね」

と、いう。

「それならば、指紋を照合してもらえませんか？」

と、西本が、いった。

「指紋ですか？」

「私が撮った写真があったことからしても、ここは間違いなく、私がしっている、篠塚美奈の部屋です。だから、この部屋に、ついている彼女の指紋と、今日殺された、若い女性の指紋と、比べてみたらどうでしょうか？　別人ですから、指紋は、一致しないはずです」

西本が、いうと、

「わかりました。では、鑑識を呼びましょう」

川口が、うなずいた。

「それと、運転免許証が、偽造かどうか、科捜研で、詳しく調べてもらえませんか。金を積めば、中国マフィアなら、ちょっと見には、わからない、精巧《せいこう》なものが、作れますから」

西本の要請を、川口は、すぐに、受け入れてくれた。

8

鑑識が呼ばれ、2LDKの部屋の主《おも》なところから、指紋を、採取し始めた。

ドアのノブ、リビングルームのテーブルに机、寝室や衣裳《いしよう》ルーム、そして、キッチンである。

「明日の午後になれば、指紋の照合が、終わると思うので、それまでは、横浜に、いてください」

川口が、命令口調で、いった。

西本は、三月十五日の朝を〈横浜ロイヤルパークホテル〉の部屋で、迎えた。

昨夜は、うとうととしか、眠れなかったのだが、夜の間に、篠塚美奈からの電話は、とうとう、かかってこなかった。

ホテル内のレストランで、少し遅めの、朝食をとる。

その後、ロビーのなかのティールームで、コーヒーを飲みながら、しばらく、昨日からのことを、考えた。

一番気になるのは、いくら待っても、篠塚美奈から、電話がかからないことである。

昨日、約束の時間に、篠塚美奈の姿を、外国人墓地で、見かけなかったことが二つ目である。

この二つが、西本には、気になって仕方がない。

もし、彼女が、昨日の殺人事件に、関係ないのなら、なぜ、西本に、電話をかけてこないのだろうか？　西本の携帯電話の番号は、しっているはずである。

コーヒーを飲み終わってから、西本は、十津川に、電話をかけた。

「神奈川県警から、今日も、こちらに、いてくれと、いわれました」

「神奈川県警のほうから、要請がきているよ。事件が、難しくなってきてしまったので、引き続き、西本刑事には、捜査に協力してもらいたい。そういう要請だった。うちの課長が、OKを出しているから、安心して、神奈川県警に協力しなさい」

「わかりました」

「それにしても、県警は、事件が、難しくなってしまったといっているが、どういうことなんだ？」

十津川が、きいた。

「昨日、外国人墓地のなかで、殺人事件があったことは、おしらせしましたね？」

「ああ、殺された女性が、君の同窓生の篠塚美奈と同姓同名だったというのは、きいている。そのことが、面倒なことになってしまったのか？」

「はい。そういえば、そうなんです。顔は、よく似ていますが、しかし、よく見れば、別人なんですよ。ところが、被害者が持っていた、運転免許証には、篠塚美奈とあり、その住所のマンションを、神奈川県警が、家宅捜索し、私も、昨日の夜、いったんですが、私のしっている篠塚美奈の、マンションに間違いないんです。大学時代の友人に、住所を確認したところ、合っていますし」

「運転免許証の写真は、どうなっているんだ？」

「それがですね。被害者の写真なんです」

「それで、神奈川県警も、迷っているわけか？」

「そのようです。私は、指紋を比べてくれといいました。私のしっている篠塚美奈のマンションなら、彼女の指紋が、部屋全体に、ついているはずです。その指紋と、昨日、外国人墓地で、死んでいた女性の指紋を比べれば、別人であることが、はっきりと、わかるはずなんです。それと、運転免許証が、偽造かどうか、詳しく、調べてもらうことにしました」

「確かにそうだな。それで、指紋の照合がすむのと、偽造かどうか、わかるのは、今日のいつ頃なんだ？」

「今日の午後になると、県警は、いっていました。それまで、私にも、横浜にいてくれと、いうわけです」

「わかった。その結果が、判明したら、すぐにしらせてくれ」

と、十津川が、いった。

9

西本は、ホテルに、閉じこもっていても、仕方がないので、もう一度、外国人墓地に、いってみることにした。

今日も、正面入口のところには、NPOの五、六人が、墓地の維持、保存のために、募金をお願いしますと、マイクで叫んだり、チラシを配ったりしていた。

西本は、墓地のなかに入ってみた。昼刻《ひるどき》のせいか、観光客の姿は少ない。

現場まで、古い階段とコンクリートの坂道をおりていった。現場には、今も、キープアウトのロープが、張ってある。

現場に立つと、目の前の大きな墓石が、目に入ってくる。外国人墓地のなかでは、比較的、新しい墓石だった。

目を凝らして、その墓石に、書いてある名前を読んだ。〈Keiko Thomas〉と、彫《ほ》られている。

墓石の上には、マリア像が、彫刻されていた。名前の下には、一八九九年～一九三七年と、年数が、彫ってあった。

ケイコ・トーマスとあるから、外国人と結婚した日本人女性か、日系の女性の墓らしい。一八九九年に生まれて、一九三七年に死亡しているから、三十八歳で死んだことになる。

このケイコ・トーマスという女性が、どんな人なのかは、もちろん、西本は、しらなかった。

また、この墓石の前で、若い女性が死んでいたことが、何か意味があるのかどうかも、判断がつかない。

西本は、ケイコ・トーマスという名前と、一八九九年～一九三七年という年数を、自分の手帳に、書き留めてから、外国人墓地を出ることにした。

どうも、落ち着かない。

西本は、坂の多い、横浜の山手の街を、少し散歩することにした。海岸の方向に向かって、坂をゆっくりと、おりていった。

その途中で、西本の携帯電話が鳴った。

あわてて、ポケットから、取り出して、

「美奈君か？」

と、きくと、

「私です。県警の川口です」

と、男の声が、いった。

西本が、がっかりしながら、

「指紋照合の結果と運転免許証の件が、出たんですか？」

「今、報告があったところです。運転免許証のほうは、もう少し時間が、かかりますが、指紋の件で、お話をしたいのです。今、どこですか？ ホテルですか？」

川口が、きく。

「今、外国人墓地から、山下《やました》公園の方向に向かって、歩いているところです」

「そこからは、元町の、例のマンションのほうが、近いですから、そっちへ、回ってくれませんか？ マンションの前でお待ちしていますから」

と、川口が、いった。

西本は、道を変えて、篠塚美奈の、マンションに向かった。

マンションの前には、県警のパトカーが駐まっていた。西本を見ると、川口警部が、降りてきて、一緒に、五階まで、あがっていった。

「指紋照合の結果を、教えてくれませんか?」

西本が、いうと、

「なかに入ってから、お教えします」

川口は、妙に、もったいぶった、いい方をし、部屋に入ると、リビングルームに、向かい合って、腰をおろした。

「指紋照合の結果は、別人とわかったんじゃありませんか?」

西本が、いうと、

「それが、そう、簡単ではないんですよ」

と、川口が、いった。

「どうしてですか? 指紋は、嘘をつきませんよ」

西本が、文句をいうと、川口が、笑って、

「鑑識が、この部屋から、採取した指紋は、全部で、三百です。ドアのノブや、リビングルームのテーブルに机、寝室のナイトテーブル、あとはキッチン。そういったところから、指紋を採取し、そして、被害者の指紋と、照合しました。その結果が、鑑識から、報告されてきましてね。三百の指紋のうち、二百十の指紋が、被害者の指紋と、一致したんです」

その結果に、西本は、びっくりしてしまった。

「それ、間違いありませんか？」

「鑑識の報告には、間違いがありませんね。今もいったように、三百の指紋のうちの、二百十の指紋が、被害者のものと、一致したんです。あとの指紋は、数人のものが、混ざっているようで、このマンションを、訪ねてきた友人、知人などの指紋でしょう」

「おかしいな」

西本が、首をかしげた。

「何が、おかしいんですか？」

「この部屋は、私のしっている、大学時代の同窓生、篠塚美奈の部屋ですよ」

「ええ、わかっていますよ」

「それならば、この部屋についている指紋は、ほとんど、彼女のものじゃなければ、おかしいんです。殺された被害者の、指紋ではないはずです」

「しかしですね。指紋照合の結果からしても、この部屋は、外国人墓地で、殺されていた女性の部屋に、違いないんじゃありませんか？　つまり、あなたがしっているという、あなたの友だちである、篠塚美奈という名の、女性のマンションですよ。あなたも、そう、おっしゃったじゃありませんか？」

「いえ、そういう意味で、いったんじゃないんです。私がいいたいのは、私のしっている篠塚美奈は、あの被害者と、違います。別人なんですよ。私がいいたいのは、それです」

「しかし、ここの管理人に、被害者の運転免許証も似顔絵も、見せたんですが、間違いなく、この部屋の住人の、篠塚美奈さんだと、確認しましたよ。それから、元町にあるブランド物の店も、従業員が、三人いるんですが、その三人とも、間違いなく、店長の篠塚さんだと、いったんですよ」

「それは、何か、間違っているんです」

「どこが、間違っているのか、私にはわかりません。それに、ご両親は、すでに、亡くなっているようですね」

川口が、いった。

「その店には、三人の従業員が、いるといいましたね？」

「そうです。全員女性ですよ」

「その女性たちに、被害者の持っていた運転免許証の写真を、見せたんですか？」

「もちろん、見せましたよ」

「それならば、別人だと、証言するはずなんです」

「いや、反対ですね。三人の店員は、運転免許証を見せると、うちの店長に間違いないと、証言しましたよ。管理人も同じです。死体の顔写真は、ずいぶん、生前と変わっているので、間違えますからね。それでまず似顔絵を見せ、それから、運転免許証の写真を見せたんですが、間違いなく、自分たちのしっている篠塚さんだと、証言してくれました」

「参ったな」

西本は、少しの間、黙っていたが、急に目を光らせて、

「そうだ。篠塚美奈は、元町で、ブランド物を扱う店の、店長をやっていたわけでしょう？　だとすれば、その店にも、彼女の指紋が、ついているはずですよ。その店についている指紋を、採取して、照合して、くれませんか？」

西本は、少しばかり、喧嘩腰になっていた。

「その店なんですけどね。エルメスやシャネルやピアジェといった、高級なブランド物のハンドバッグや、時計や宝石などを扱っている店でしてね。品物を傷つけてはいけないので、店員は全員、絹の、白い手袋をはめて、働いているんです。したがって、店長や店員の指紋は、店のなかには、ついていないんですよ」

と、川口が、いった。

「でも、事務室からなら、指紋は、採取できるんじゃないですか？」

「わかりました。それほど、おっしゃるのであれば、手配しましょう」

西本は、思わず、ため息をついた。

そんな、西本に向かって、川口警部は、

「それで、これから、西本さんに、協力してもらわなければなりません。問題の篠塚美奈という女性が、どういう、女性だったか、それを、西本さんに、話してもらいたいんですよ。性格とか、あるいは、男性関係とか、そんなことがわかれば、自然に、容疑者が浮かんできますからね」

西本は、慌てて、川口の言葉を、遮った。

「まだ、私は、外国人墓地で、死んでいたのが、私のしってる、篠塚美奈だとは、いっていませんよ。別人だと思っています」

「西本さんが、別人だと思いたい気持ちは、よくわかりますよ。何しろ、大学時代の、同窓生ですからね。それに、昨日の昼間、外国人墓地の前で、会うことになっていた女性ですからね。それはそれで、構いませんよ。ただ、こちらの質問には答えてほしいんです。篠塚美奈さんという女性は、どういう人ですか?」

と、川口が、きく。

西本は、本人かどうかは、このまま、黙っているしかないと、思った。自分だけは、別人だと、思っていればいい。そう考えて、西本は、川口の質問に、答えることにした。

「私と彼女とは、S大の同窓で、四年間一緒でした。前にもいいましたが、私は、カメラが好きで、当時、カメラ愛好クラブに、入っていたんですよ。その時、キャンパスの花といわれていた、彼女に、時々、モデルになって、もらっていました。美人でスタイルがいいので、格好の、モデルだったのです」

「彼女の性格は、どうですか?」

「男の学生に、よく、モテていましたから、少し驕慢《きょうまん》というのかな。そういう、感じも受けましたね」

「彼女は、どういう家に、生まれたのですか?」

「確か、父親は、外務省の役人じゃなかったですかね。外務省の、お偉方だというのはきいたことがあります。ですが、ご両親は、すでに、亡くなっているようですね」

「大学を出たのは、五年前でしたね」

「そうですよ。五年前に、私も彼女も、S大を、卒業しました」

「そうすると、卒業してから、五年になるわけですね。その間に、二人で会ったり、食事を、したりはしていたんですか？」

「いや、卒業して四年間は、まったく、会っていません。去年の三月に、同窓会がありましてね。新宿《しんじゅく》のホテルで、やったんですが、その時に、久しぶりに、彼女に会ったんです」

「その時、西本さんは、彼女のことを、どう思いましたか？　学生時代とは、ずいぶん変わったと、思いましたか？」

「ずいぶん大人っぽくなったと思いましたね。学生時代は美人でしたけど、少し、少女っぽいところがあったんです。それがまったくなくなって、大人になったと、思いましたね。綺麗になっていましたよ。それで、もう、結婚したんじゃないかと思いましたが、そうではありませんでした。まだ独身だと、自分から、いっていました」

「その時、彼女は、今、どんな仕事をしていると、いったんですか？」

「それが、覚えていないんです」

「突然、一年ぶりに、彼女から電話がかかってきて、三月十四日に、外国人墓地の前で、会うことになったんですね？」

「そうです」

「どういう理由で、彼女から会いたいといってきたのか、わかりますか？」

「それは、わかりませんが、相談したいことがあると、いっていました」

「今になってですが、その相談したいことが何だったのか、想像が、つきますか？」

「残念ながら、わかりません」

「本当に、想像がつきませんか？」

「三月十三日の夜に、電話してきたのですが、その時に、彼女は、西本君は、まだ刑事をやっているのかと、ききました。そのあとで、相談したいことがあるので、会ってほしいと、いわれたのです」

「つまり、彼女は、西本さんが、警視庁の刑事であることを確認してから、会ってほしいと、いったんですね？」

「そのとおりです」

「そうすると、彼女が何らかの事件に、巻きこまれていて、それで、刑事である
あなたに、救いを求めたのかも、しれませんね」

「そうですね。それは、充分にあると、私も思います」

「あなたに、相談する前に、殺されて、しまったことになりますね？」

第二章　一つの歴史

1

西本は苦笑して、

「私は今でも、外国人墓地で、殺されていたのは、私のしっている、篠塚美奈とは、別人だと思っていますから、今、川口警部がいわれたようなことは、まったく、考えません」

篠塚美奈からの電話は、依然として、かかってこない。彼女からの電話を、じっと待っているだけというのも、芸がない。

それに、美奈からの連絡は、彼の携帯電話にかかってくるはずだから、西本が歩き回って、いろいろと、調べていても構わないだろう。

西本は、もう一度、外国人墓地を、訪ねてみることにした。どうしても、気になることが、あったからである。

西本は、外国人墓地に入ると、偽者の篠塚美奈が、倒れていた場所に、向かった。

そこには、大きな墓石が立っている。十字架の飾りが、ついている。

墓石に刻まれた名前は〈Keiko Thomas〉一八九九年〜一九三七年と、書かれているから、三十八歳で、亡くなったことになる。

西本が、気になっているのは、篠塚美奈と名乗る女が、この、大きな墓石の前で、殺されていたことである。

偶然、犯人は、ここで、女を殺したのか、それとも、ケイコ・トーマスの墓石を、選んで、その前で、女を殺したのか。西本は、それが、しりたかったのである。

西本は、じっと、墓石を見つめた。

ケイコ・トーマスという墓碑銘《ぼひめい》からすると、トーマスという外国人と、結婚した、日本人女性の墓で、名前がケイコというのだろう。

一八九九年に、生まれて、一九三七年に、死んでいる。

一九三七年というのは、昭和でいえば、十二年である。さらにいえば、昭和十二年は、日中戦争（当時は、日支事変《にっしじへん》と呼んでいた）が始まった年である。そのことも、何か、意味があるのだろうか？

西本は、しばらく考えてから、この外国人墓地を、管理している事務所で話をききたいと思った。

パンフレットによれば、横浜外国人墓地を管理しているのは財団法人Sで、管理事務所の所在地は、横浜市中区《なかく》と書いてある。

西本は、すぐ、訪ねてみることにした。

西本は、そこで、五十嵐《いがらし》という六十代の職員から、話をきくことができた。

「外国人墓地の一番奥に、大きな墓石があって、ケイコ・トーマス、一八九九年～一九三七年と、書かれていますが、ケイコ・トーマスという人は、いったい、どういう、女性だったのでしょうか？　もし、ご存じでしたら、教えていただきたいのですが」

と、西本が、頼んだ。

「ああ、あの墓石ですか。曰《いわ》くがありましてね」

五十嵐は、うなずき、奥のキャビネットから、古い写真を取り出して、西本に見せてくれた。

「戦前まで、横浜にトーマス商会という会社がありましてね。ジョン・トーマスというアメリカ人が、経営していた貿易会社ですよ。これが、当時の、トーマス商会のビルの写真です」

写真を見ると、三階建ての、ビルである。今では、アンティークふうに見える。

「創業者のジョン・トーマス氏は、大正の初め頃、アメリカからやってきて、貿易会社で働いていたんですが、二十代で独立して、会社を興《おこ》したそうです。そのあとに、日本人の女性と結婚したんです。それがケイコさんです」

五十嵐は、ケイコ・トーマス夫妻の、写真も見せてくれた。白黒の写真である。

ジョン・トーマス氏は、背の高い、いかにも、アメリカ人らしい風貌で、ケイコのほうは、日本的な美人だった。

「もう一つ、おききしたいのですが、ケイコさんは、一九三七年に、亡くなっているんですが、一九三七年というと、昭和十二年。私が、本で読んだところでは、この年に、日中戦争が起きています。そのことと、一九三七年に、ケイコ・

トーマスさんが死んだこととは、何か、関係があるのでしょうか？」

西本が、きくと、それまで、五十嵐は、笑顔で、話をしていたのだが、急に、笑顔が消えて、

「どうして、そんなことを、きかれるんですか？」

「昨日、この墓石の前で、若い女性が、殺されました。それが、ちょっと、気になりましてね。できれば、調べたいと、そう、思っているのです」

西本は、警察手帳を見せて、いった。

「なるほど」

と、五十嵐は、うなずいてから、

「昭和十二年に始まった、日中戦争についてですが、あなたは、どの程度、ご存じですか？」

「いや、どの程度といわれると、困ってしまうのですが、二年前ぐらいから、太平洋戦争について、興味を持ちましてね。何冊か、太平洋戦争に関する本を、読んでみたのです。日中戦争というのは、たしか、昭和十二年の七月に、盧溝橋《ろこうきょう》で始まったんじゃなかったですか」

「そのとおりです。盧溝橋というのは、当時の、北平《ペイピン》、現在の、北京《ペキン》の近くにあ

る美しい石橋です。昭和十二年の、七月七日の夜に、盧溝橋近くの、演習地で、日本軍が演習を、おこなっていました。その日の午後十時すぎに、盧溝橋の、北にいた中国軍から、何発かの銃撃が、あったのです。それに対して、日本軍は、中国軍が、自分たちに向かって、攻撃してきたと考えて、夜明けとともに、中国軍に向かって、攻撃を開始した。これが、日中戦争の始まりです」

「私が読んだ本では、どちらが先に、発砲したのか？　日本軍なのか、あるいは、中国軍なのか？　以前は、日本軍が、先に発砲したといわれていたが、最近になって、中国軍が、先に発砲したことが、歴史的にも、明らかになっている、と、ありましたが、これは本当でしょうか？」

「そうですね。今では、中国軍が、先に発砲したというのが、定説になっています。しかし、それから始まった、長い戦争のことを考えると、盧溝橋で、日本軍と、中国軍のどちらが先に、発砲したかということには、あまり意味が、ないんですよ。日本軍にも、中国軍にも、戦死者は、ひとりも、出ていないんですからね。そこで、停戦していればいいのに、日本軍は、攻撃を開始して、八月八日には、北京を、占領してしまうんです。その後、戦争は、どんどん、中国全土に広がって、いったんです」

「どうして、戦争を、やめなかったんですかね？　私が読んだ本では、当時、陸軍の将校のなかにも、政治家のなかにも、日本と中国の間で、和平の話し合いを望む声があったと、書いてあったんですが」

「そうですね。今、あなたがいわれたとおり、戦争を、早くやめようという空気は、確かに、あったんです」

「それなのに、どうして、戦争は、続いたんですか？　昭和十二年に、始まった戦争が、結局、昭和二十年の終戦まで続いてしまったわけでしょう？　その間に、どうして、戦争をやめようという話し合いが、おこなわれなかったんですか？」

「それを、これから、お話ししますよ。当時、日本の総理大臣は、近衛文麿《このえふみまろ》という、若い、貴族院議員で、中国国民政府の指導者は、蔣介石《しょうかいせき》でした。陸軍のなかには、この際、中国軍を撃滅して、中国北部を、そのまま占領してしまおうという、強硬な意見もありましたが、総理大臣の近衛文麿は、真剣に、和平を考えましてね。まず、特使を、中国に派遣して、国民政府の蔣介石と、接触をしようと、考えたのです。いわゆる支那《しな》浪人と呼ばれる人たちが集められました。そのひとりに、高木竜栄《たかぎりゅうえい》という、当時四十歳の男がいましてね。近衛首相に、中国外交部の高官と、接触するように、命じられました。まず、中国外交部の、高官にコネを作り、それから、蔣介石に、近衛首相の言葉を伝える。そういう計画でした」

「高木竜栄さんですか」

「そうですよ。実は、この、高木竜栄さんが、例の外国人墓地の墓石の名前、ケイコ・トーマスと、関係があるのです。高木竜栄さんは、ケイコさんの、異母兄なんです。つまり、母親の違う、お兄さんですよ」

「しかし、この特使派遣は、失敗したんでしょう？　うまくいっていれば、昭和十二年に、日中戦争は、終結しているはずですから」

と、西本が、いった。

「そのとおりです。残念ながら、失敗しています」

「どうして、失敗したのか、教えて、いただけませんか？」

「高木竜栄さんも、異母妹に当たるケイコさんも、それに、ケイコさんの、夫であるトーマス氏も、この話に、乗り気だったんですよ」

五十嵐が、いった。

「ちょっと、待ってください。どうして、アメリカ人が、日本と中国の間の和平に乗り気なんですか？　太平洋戦争では、日本は、アメリカと戦ったはずですよ」

西本が、いうと、五十嵐は、微笑して、

「昭和十二年当時は、日本政府は、アメリカに、やたらに、気を遣っていたんですよ。その証拠に、今は、日中戦争と呼んでいますが、当時は、日支事変といって、戦争という言葉を、使いませんでした。なぜだかわかりますか？」

「戦争というほどの、大きなものではなかったからですか？」

「そうじゃありません。日本政府が、日中戦争と呼ばずに、日支事変といっていたのは、アメリカに、気兼ねしていたからなんですよ」

「どうして、アメリカに、気兼ねして、戦争といわなかったのですか？」

「アメリカは、すでに、強大な国家でした。それに、昭和十二年当時、アメリカは、中立を保っていたのです。だから、ヨーロッパの戦争にも、参加していませんでした。日本は何よりも必要な石油を、アメリカから輸入していたんですが、その量は、全体の輸入量の八〇パーセントにも達していたんですよ。もし、日本が中国と戦争を始めたら、アメリカは、中立政策を破棄して、日本に対して、石油を、輸出してくれなくなってしまう恐れがありました。もし、そんなことにでも、なったら、戦争を、継続できなくなってしまいますからね。それで日本は、アメリカに、気兼ねして、中国との戦闘を戦争と呼ばずに、事変と呼んでいたんです」

「今は、石油のほとんどを、中東から輸入しているけど、昭和十二年頃は、八〇パーセントを、アメリカから輸入していたんですか」

「そうです。日本自体の石油産出量は、ほとんどゼロだから、もし、アメリカが、へそを曲げて、日本に石油を売らなくなってしまったら、たちまち、困ってしまう。何よりも、石油がないと、近代戦ができないんです。軍艦も、飛行機も戦車も、石油がないと動きませんからね」

「それなのに、日本は、そのアメリカと戦争を始めたんですよね。なぜ、そんな無謀なことをしたんですか？　子供だって、わかりますよ。石油がなければ、近代の戦争は戦えない。その石油の八〇パーセントを輸入しているアメリカと戦争をして、勝てるはずがないじゃありませんか？　なぜ、そんな馬鹿な戦争を始めたんですかね？」

「私が始めたわけじゃないですよ」

と、五十嵐は、笑ってから、

「日本という国は、近代戦に必要なものは、何一つ、生産できないんです。石油、アルミニウム、ゴム、鉄が出ない。特に、石油は、八〇パーセントをアメリカからの輸入ですからね」

「ほかの国から、輸入することは、考えなかったんですか？」

「もちろん考えた。日本が目を向けたのは、東南アジアです。インドネシアは、石油とアルミニウム、ベトナムは、ゴム、マレーシアは、鉄が出る」

「じゃあ、そこから輸入すればいいじゃないですか？　アメリカに、遠慮なんかしないで」

「当時は、それが、できなかったんですよ」

「どうしてですか」

「今と違って、インドネシアはオランダ、ベトナムはフランス、マレーシアはイギリスの、それぞれ植民地だった。そのオランダなどは、アメリカの味方だから、石油などを、日本に輸出してくれるはずはないんです」

「何かで、読んだことがありますよ。当時の日本は、ＡＢＣＤ包囲網によって、閉じ籠められていたとか。このことですか」

「そうです。Ａはアメリカ、Ｂはブリテン（イギリス）でマレーシア、Ｃはチャイナ（中国）Ｄはダッチ（オランダ）でインドネシアですからね。このＡＢＣＤ

は、一致協力してたんですよ」

「それで、昭和十二年頃、アメリカは、日本に、何を要求していたんですか」

「アメリカは、日本を侵略国家と決めつけ、中国から、軍隊をすべて撤退すること、その前提としての停戦です」

「つまり、ケイコさんのご主人、ジョン・トーマス氏も、まず、日本と中国の、戦争をやめさせようとしたんですね？　アメリカ人だから」

「ええ、そうです。当時のトーマス商会は、中国との取り引きも多く、トーマスさん自身も、中国をとても愛していました。だから、日本が中国と、盧溝橋で戦争を始めたことを心配して、やめさせようと考えていたんです。トーマスさんは、この和平交渉にも力を貸したいといって、高木竜栄さんのバックアップに走ったんです。近衛文麿首相にしてみれば、中国の蔣介石は、アメリカを頼みにしているから、和平交渉に、トーマス商会の社長が、加わってくれれば、ありがたいと思ったに、違いないのです。しかし、日本の軍部のなかには、元々、近衛文麿首相の和平工作に、反対のグループがいましてね。そのグループから見れば、なぜ、アメリカ人がしゃしゃり出てくるのかと、激怒する者がいたんです。脅迫状が、何通も届いたあと、昭和十二年の、八月一日に、横浜の海岸通りを走っていたトーマス商会の車が、何者かに爆破されてしまいましてね。トーマスさんは、片足は失ったものの、何とか、命だけは助かりましたが、助手席に乗っていた奥さんの、ケイコさんは、死亡し、高木竜栄さんも、負傷してしまったのです。そんなこともあって、結局、この和平工作は、実現しなかったのです」

「しかし、トーマス氏は、自分も、片足を失った上に、奥さんを殺されたわけですから、怒ったんじゃありませんか？」

「ええ、もちろん、怒って、訴えましたよ」

「誰を訴えたのですか？」

「日本の陸軍大臣です。この和平工作に一番反対していたのは、日本陸軍ですからね。アメリカ人であるトーマスさんにしてみれば、責任は、すべて陸軍大臣にあります。だから、訴えたのですが、日本の軍部が、そんな訴えを、取りあげるわけがありません。軍部は無関係だと主張し、裁判所も、トーマスさんの訴えを、受理しませんでした。

「それでトーマス氏は、どうしたんですか？」

「決定に怒って、アメリカに、帰ってしまいましたよ。帰国に際して、亡くなった妻のために、あの大きなお墓を、外国人墓地に建てたんです。たしか、昭和十二年の九月一日でした。八月八日には、日本の陸軍が北京を占領し、日中戦争が、どうしようもないほど、泥沼に入りこんでいた頃です」

「トーマス商会は、その後、どうなったんですか？」

と、西本が、きいた。

「社長のトーマスさんがアメリカに帰ってしまったので、横浜にあったトーマスビルは、太平洋戦争が始まると、軍部が接収して使っていましたが、戦争で、焼けてしまいました」

「トーマス氏は、もう亡くなっていますよね？　トーマス氏とケイコさんとの間に、子供は、いなかったのですか？」

西本が、きくと、五十嵐は、にっこりとして、

「二人の間には、子供が二人いましてね、男女ひとりずつです。その男の子は、ヘンリー・トーマスというのですが、戦争が終わると、アメリカから、横浜にやってきました。そしてヘンリーが、要求したのは、トーマスビルがあった地所の返還と、自分の母親が殺され、父親が片足を失った、そのことに対する賠償です」

「それは、いつのことですか？」

「戦争が終わってから、三年目のことだと、私は、きいています。たしか昭和二十三年ですね」

「しかし、訴えられたほうも、困ったんじゃありませんか？　何しろ、その頃の日本自体が、戦争で、めちゃくちゃになっていたのだから」

「ええ、困ったことは、確かでしょうが、要求は、正当なものだと、国際司法に、精通している弁護士がいっています。それに、アメリカは戦勝国で、日本は敗戦国ですからね。アメリカ人が、要求したものを、拒絶できなかったんでしょうね。それで、昭和二十五年、以前、トーマスビルの建っていた、横浜市内の五百坪の土地を、ヘンリー・トーマスさんに返還したんですよ。それとは別に、ケイコ・トーマスさんの死亡に関してと、ジョン・トーマスさんが片足を失ったことに対する慰謝料も支払っています。正確な金額は、わかりませんが、かなりの額だったのではないですかね？　この件は、新聞でも、ラジオでも、まったく、報道されませんでしたから、誰もしらないんじゃありませんかね」

と、五十嵐が、いった。

「今、その土地は、どうなっているのですか」

「今は、トーマスビルではなくて、ニュー横浜ビルと、名前を変えていますが、ケイコ・トーマスさんの子孫が、持っているビルであることは、間違いありません。ただ、だいぶ、老朽化したので、改装中だと、きいています」

と、五十嵐が、いった。

「ということは、今でも、ケイコ・トーマスさんの子孫は、日本にもかなりの、資産を持っているということですか？」

「そうでしょうね。どのくらいの資産価値があるのかは、わかりませんが、三百億円くらいと、見ている人もいます」

「今も、貿易会社をやっているんですか？」

「アメリカのほうで、やっているようですね。横浜外国人墓地の管理維持に、毎年、多額の、献金をしていただいていることは、私もきいています」

「最後に、もう一つだけ、おききしたいのですが、ケイコさんが、トーマス氏と結婚をした時、ケイコさんの実家のほうには、当然のことながら、身寄りがいたわけでしょう？　その人たちの、消息は、ご存じありませんか」

「それは、いたと思いますよ。でも、消息については、私は、何も、しりません」

「もし、ケイコさんに親族がいて、今も横浜の市内に、住んでいたら、彼らもまた、ケイコ・トーマスさんの財産を、何分の一かは、わかりませんが、もらう権利が生じる可能性が、あるということですね？」

「もちろん、そういう可能性は、あるでしょうね。しかし、私は、そういう、細《こま》かいことまでは、しらんのですよ」

「誰にきいたら、わかるでしょうか？」

「何をですか？」

「ケイコさんの親族たちが、今、どこにいて、何を、しているのか？　その人たちは、ケイコ・トーマスさんの遺産を、どのくらい、もらったのか、あるいは、もらえる権利があるのか？　そういったことが、しりたいのですがね」

「ケイコさんのほうの親族が、何人いて、今、どこにいるかぐらいは、横浜市役所にいってきけば、わかるんじゃありませんか？」

と、五十嵐は、教えてくれた。

2

西本は、神奈川県警の川口警部に連絡を取り、翌、月曜日の朝、一緒に、横浜市役所に、いってもらうことにした。

その途中で、西本は、自分が考え、五十嵐にきいた話を、そのまま伝えた。

川口警部は、パトカーのなかで、西本に向かって、きいた。

「西本さんは、このことが、今回の殺人事件に、関係していると、考えているわけですか？」

「断定はできませんが、可能性はあるのではないかと、考えてはいます」

と、西本が、いった。

横浜市役所に着くと、二人は、まず、教育委員会の文化財課にいき、ケイコ・トーマスのことをきくことにした。

文化財課の初老の職員は、西本の質問に、一瞬、呆気に取られた顔になった。

「外国人墓地は、横浜市に、史跡として、認定されていないんですよ。たまま、ケイコ・トーマスという女性の墓石が、あることはしっていますが、もう亡くなって、七十年をすぎていますよ」

と、職員は、いう。

今頃、そんな昔の人のことを調べて、いったい、どうするつもりかとでも、いいたいような顔だった。

「トーマスビルの跡地には、ビルが建っていると、きいているのですが、本当ですか？」

「ええ、ありますよ。名前は、ニュー横浜ビルと、変わりましたが。たしか今、改装中のはずですが」

「土地建物は、今、どのくらいの資産価値が、あるんですか？」

と、川口が、きいた。

職員は、それは、自分では、わからないので、担当部署にいって、話をきいてくると、二人の刑事に、いった。
五、六分して、戻ってくると、職員は、
「ニュー横浜ビルは、横浜市内の一等地にありますから、現在、土地と、建物を合わせれば、三百億円、あるいは、四百億円ぐらいの、資産価値があるとみられています」

「戦前に、貿易会社を始めた、アメリカ人のジョン・トーマス氏が、横浜に、トーマス商会のビルを建てました。そのジョン・トーマス氏と、日本人のケイコさんが、結婚しているんです。二人の間には、男女ひとりずつ、二人の子供が生まれたそうです。われわれが、しりたいのは、ケイコさん側の親族が、何人いて、どこに、住んでいるのかということでしてね。戸籍係にいけば、それが、わかりますかね？」

「そうした問題は、個人情報に、属しますから、特別な理由がなければ、役所では、お教えできません」

職員が、固い表情で、いう。

西本と川口は、戸籍係の窓口に出向き、応対に出た職員に改めて、説明をした。

「先日、ケイコ・トーマスの墓石の前で、若い女性が、殺されたんです」

「ええ、その事件でしたら、しっています」

「殺された女性の名前は、篠塚美奈といって、二十八歳でした。この人は、ひょっとして、ケイコ・トーマスの血を、引いている女性かもしれません。その点だけでも、しりたいんですよ。これは、殺人事件で、捜査する上で、ぜひとも、必要な情報なんですよ」

県警の川口警部が、警察手帳を見せて、答えを求めた。

「わかりました。調べてみましょう」

と、いうと、職員は、パソコンに向かって検索をしていたが、

「篠塚美奈さんは、ケイコ・トーマスさんの親族では、ありませんね」

と、いった。

「資料は、あるんですね？」

西本が、きく。

「ありますが、これは、あくまでも、個人情報ですから、お見せすることはできません。篠塚という姓は、ケイコ・トーマスさんの、親族にはおりません、これは、間違いのない事実です」

「個人情報ということは、よく、わかりました。親族全員の氏名を、教えてくれとはいいません。そのなかのひとりでもいいから、名前を、教えてくれませんか？　お願いします」

と、西本が、食いさがった。

川口警部も、

「この情報は、殺人事件の捜査に、必要なことなんです」

と、助け船を出した。

職員は、しばらく考えこんでいたが、

「ケイコ・トーマスさんの、結婚前の、フルネームは、狩野恵子《かのうけいこ》さんです。ですから、ケイコさんの親族で、財産分与を受ける可能性を持っている人は、狩野姓の人が、多いんですよ。狩野家を継《つ》いでいるのは、狩野仁《ひとし》さん、三十歳です。これ以上のことは、申しわけありませんが、お教えできません」

相変わらず、固い表情だった。

3

ケイコ・トーマスの結婚前の名前は、狩野恵子とわかった。

トーマス家の遺産相続ができる可能性のある人間のなかに、狩野仁という三十歳の男がいるという、それだけを教えてくれた。

おそらく、これだけ教えてくれただけでも、市の職員としてみれば、相当な覚悟で、警察に、協力してくれたのだろう。

市役所を出てから、西本は、川口に、

「この狩野仁ですが、どうやって、調べたらいいですかね?」

「この名前を教えてくれたのは、横浜市役所の戸籍係です。ですから、横浜市役所が保管している住民票のなかに、あったんじゃないですかね? そうなら、この狩野仁という男は、横浜市内に、住んでいると見て、いいんじゃないかな」

「しかし、これ以上のことは、教えられないと、市役所の職員は、いっていましたから、もう一度ききにいったとしても、横浜のどこに住んでいるのかまでは、教えてくれないんじゃありませんか？」

「戸籍は、区役所の管轄ですから、各区役所に、当たってみたらどうかと、思うんですよ。もちろん、その時には、市役所でいったようなことは、いわない。ケイコ・トーマスの親族を、教えてくれといっても、個人情報だからということで拒否されますからね。この男を、捜しているんだが、先日の殺人事件で、狩野仁という容疑者が、浮かんでいる。この男を、捜しているんだが、わからないかと、捜査協力を、要請すれば、教えてくれるかもしれませんよ」

と、川口が、いった。

横浜市内の各区役所を、いちいち全部回っていたら、時間がかかって仕方がない。そこで、捜査本部に戻り、二人で分担して、電話で、問い合わせることにした。

なかなか、期待するような反応は、ないのではないかと、思っていたのだが、緑《みどり》区の区役所で、あっさりと、反応が返ってきた。

区民のなかに、狩野仁という名前の男が、いるというのである。

二人の刑事は、パトカーを飛ばして、緑区の区役所に、向かった。

ここでは、担当の職員が、すぐに、狩野仁の住民票を、見せてくれた。

確かに、狩野仁という名前と、生年月日、そして、住所が、書いてあった。

現在の住所は、区役所から歩いて十五、六分のところにある、マンションの八〇一号室である。

住民票から見ると、妻子がいないから、一応は、独身なのだろう。

十二階建ての、マンションだった。一階の、郵便受を見ると、確かに、狩野とある。

エレベーターに乗る前に、管理人に会った。

「八〇一号室の、狩野仁さんですが、今、部屋にいますかね？」

川口が、きくと、

「わかりませんが、サラリーマンではないので、いるんじゃゃ、ありませんか？」

「狩野さんという人は、何を、やっている人ですか？」

西本は、管理人に、警察手帳を、見せながら、きいた。

「自分では、作家だといっていますね。ノンフィクションの本を、出しているとかで、サインした本を、一冊、いただきましたよ」

と、管理人は、いい、奥から、その本を持ってきて見せてくれた。

本のタイトルは「横浜の外国人たち」というものだった。写真入りで、横浜にいる外国人のことを、書いていた。

アメリカ人、イギリス人、中国人、韓国人、イラン人、インド人など、十五章にわけて、書いてある。

二人の刑事は、エレベーターで、八階にあがっていった。

エレベーターを、降りてすぐのところに、八〇一号室がある。

西本が、インターフォンを、鳴らした。

しかし、反応がない。続けて二回、三回と鳴らしたが、同じだった。

今度は、川口警部が、ドアを、叩いたが、反応がないのは、同じだった。

そこで、管理人を呼んで、部屋のドアを、開けてもらうことにした。

「いくら警察でも、本人の許可を得ないで、勝手に開けたりしても、いいんですかね？」

管理人が、尻ごみする。

「われわれは、殺人事件を、捜査しているんですよ。その一環として、どうしても、狩野さんに会わなければならないのです。緊急事態なので、開けてください」

西本が、強い口調で、いった。

管理人が、マスターキーでドアを開け、二人の刑事は、部屋のなかに、入っていった。

2DKの縦長の部屋である。

しかし、どの部屋にも、狩野仁の姿は、なかった。

（何か、事件の匂いでもないか？）

二人の刑事は、二つの部屋と、ダイニングルームを、調べていった。

しかし、誰かに、部屋を、荒らされた形跡もなかったし、血痕らしきものも、見つからなかった。

机の上には、パソコンが置いてあった。西本が、スイッチを入れると〈横浜外国人墓地の歴史と現在〉というタイトルの文章が、いきなり、現れてきた。

狩野仁が、書いたものではなくて、横浜の観光案内所が配っているパンフレットか、横浜の歴史を書いた本からの、引用文だろう。

「狩野さんが、どこにいったか、わかりませんか？」

改めて、川口が、管理人に、きいた。

「わかりません。何しろ、このマンションには、三十人の独身の男女と、十組の夫婦ものが、住んでいますからね。そのひとりひとりについて、行動がわかっては、いませんよ」

と、管理人が、答える。

机の引き出しには、友人や知人たちと、撮ったと思われる写真が、何枚か、入っていた。そのなかから、一枚だけ、持ち出すことにした。

その写真には、男三人と、女二人が写っていた。どこかに、旅行した時に、撮った写真らしい。

管理人が、男三人のなかで、一番背の高い男を、指さして、

「これが狩野さんですよ」

と、教えてくれた。

この狩野仁が、外国人墓地で、篠塚美奈と名乗る女を殺した犯人ならば、今度の事件は、簡単に、解決してしまう。

しかし、それほど、簡単な事件ではないだろうという予感が、西本には、あった。

西本は、川口警部とわかれて〈横浜ロイヤルパークホテル〉に戻り、ホテルの

なかの、中華料理店で、少し早目の、夕食をとることにした。

料理を注文しておいてから、西本は、携帯電話で、東京の十津川警部に、かけた。

今日わかったことを、十津川に伝えておこうと思ったからである。

しかし、電話口に出たのは、若い刑事だった。

「十津川警部は？」

「都内で事件があって、十津川班が、出動しています」

と、若い声が、答えた。

「殺人事件か？」

「そうです。新橋《しんばし》にある、ホテルの一室で、若い男の客が、殺されているという一一〇番があったので、鑑識を連れて、出動しています」

と、相手が、いった。

「十津川警部は、携帯を持っているね？」

「ええ、持って出かけられましたよ」

相手が、答えた。

西本は、改めて電話をかけてみることにした。

その間に、料理が、運ばれてきたので、チャーハンを食べながら、十津川が出るのを待った。
十二、三回、呼び出し音が鳴ってから、
「私だ」

という十津川の声が、きこえた。

「そちらで、殺人事件が、起きたそうですね？」

「そうなんだよ。新橋駅近くのホテルで、泊まり客が、殺されたんだ」

「どういう被害者ですか？」

「背が高くて、年齢三十歳の男だ」

「警部、ひょっとすると、その被害者の名前は、狩野仁というんじゃありませんか？」

もちろん、西本は、半分、冗談めかして、きいたのだが、電話の向こうの十津川は、驚いたように、

「どうして、それを、しっているんだ？」

と、大きな声を出した。

「本当ですか？　狩野仁という名前なんですね？　間違いありませんか？」

今度は、西本のほうが、慌ててしまった。

「君が驚いてどうするんだ？」

十津川が、笑った。

「正直にいいますと、今のは、冗談でいったんです。それが、当たってしまって、私のほうが、びっくりしています。そちらの被害者は、本当に、狩野仁という名前なんですか？」

「ああ、持っていた、運転免許証で確認しているから間違いない。君のいうように、狩野仁、三十歳だ。そうか、住所が、横浜市緑区のマンションになっているから、君は、そこにいったんだな？」

「そうです」

「なるほどね」

「今日の昼間、その狩野仁の、緑区の自宅マンションを、神奈川県警の、川口警部と一緒に訪ねました。留守だったので、どこにいったのか、行き先を調べていたのですが、まさか、東京で殺されているとは、思いませんでした」

「君にきいたほうが、早いだろう。狩野仁というのは、いったい、どういう男なんだ？ 職業は、何だ？」

「自分では、ノンフィクションライターだといい『横浜の外国人たち』という本を、書いています」

「しかし、ただそれだけのことで、君と県警が、狩野仁に、会いにいったわけじゃないだろう？」

「横浜の外国人墓地で起きた、例の殺人事件なんですが、どうやら、狩野仁は、その関係者らしいのです。もちろん、まだ、はっきりと、断定はできませんが。それで、神奈川県警の川口警部と一緒に、狩野仁に会いに、自宅マンションを、訪ねてみたのですが、今もいったように、留守で、会えませんでした」

「そうか。よし、わかった。君は、必要があれば、横浜に残って、狩野仁について、徹底的に調べてくれ。そのあと、こちらに、帰ってこい」

と、十津川は、いった。

電話が切れると、西本は、神奈川県警の、川口警部に、電話をかけた。

「実は、今日、私たちが、会いにいった狩野仁という男ですが、東京のホテルで、殺されていました。警視庁捜査一課が、今、現場で捜査中です」

西本が、伝えると、川口も、びっくりしたらしく、

「本当ですか？　それでは、これからどうしますか？」

「そうですね、もう一度、あのマンションにいってみる必要があるような、気がしています」

「確かに」

「これから、夕食をすませて、あのマンションにいきます。向こうで会いましょう」

4

夕食を手早くすませ、西本は、タクシーを呼んでもらって、再び、横浜市緑区にある狩野仁の、マンションに向かった。

西本がマンションに着くと、川口が、部下の刑事たちと一緒に、入口で西本の到着を待っていた。

鑑識の車も、きている。

西本が、川口と一緒に、八〇一号室にあがっていくと、鑑識が、室内の写真を撮ったり、指紋を、採取したりしていた。

「今、うちの刑事たちが、ほかの部屋の住人たちや、付近の住人から、聞き込みを、やっているので、狩野仁について、多少の情報は、得られるかもしれませんよ」

川口が、西本に、いった。

さっきとは違って、今度は、この部屋の住人である狩野仁が、新橋のホテルで殺されていることがわかっている。殺人事件の被害者の部屋だから、徹底的に調べることができる。

ベランダに近い寝室には、壁に、外国人墓地で起きた、殺人事件の新聞記事が、何紙かピンで留めてある。

さっききた時は、その切り抜きの上に、大きなカレンダーが、かかっていたため、西本も川口も、気がつかなかったのだ。

「外国人墓地での殺人事件に、狩野仁が、関心を持っていたことは、間違いないようですね」

川口が、壁に留められた、新聞記事に目をやりながら、いった。

「狩野仁は、東京のホテルで、殺されていたといいましたね？」

「新橋駅近くの、ホテルで、死体となって、発見されたそうです」

「横浜から新橋まで、いったい、何の用でいったのかな？」

川口が、考えこんだ。

「普通に考えれば、誰かと、待ち合わせて、会いにいったんでしょうね。その相手が、犯人だった。そういうことじゃないでしょうか？」

このあとも、県警の刑事たち、それに、西本と川口警部も加わって、部屋のなかを徹底的に調べていった。

「部屋のなかを見る限り、狩野仁は、経済的には、あまり、豊かではなかったようですね」

と、西本が、いった。

「押し入れや、机の引き出しを捜しても、見つかったのは四万二千円だけです。それに、寝室のベッドも、ダイニングルームの調度品も、国産の、安物ばかりです」

「そうなると、狩野仁は、まだ、誰からも、お金は、受け取っていないようですね」

と、川口が、いった。

「しかし、狩野仁は、ケイコ・トーマスの、遺産を受け取る可能性がある人間と、見ていいと思うのです」

「トーマス家の、遺産を差しあげたいといわれれば、狩野仁は喜んで、出かけていったでしょうね」

「そうですね、犯人は、簡単に狩野仁を呼びつけて殺すことが、できたかも、しれません。今、川口さんがいったように、狩野仁は無警戒で、誰かに、会いにいったでしょうね」

机の引き出しから、ちょっと、気になる新聞記事の、切り抜きが見つかった。

尋ね人の欄の切り抜きである。


〈ケイコ・トーマスの身内の者は、すぐに、連絡されたし。遺産相続のために〉


この文章の最後のところには、K・サユリと、あった。

連絡先の住所もないし、電話番号も、書かれていなかった。

この尋ね人欄の広告が載ったのは、今から、一カ月前だった。

「明らかに、外国人墓地のケイコ・トーマスのことを、いっているようですね」

川口が、じっと、尋ね人欄を、目で追いながら、いった。

「同感です。私にも、あのケイコ・トーマスのことを指しているとしか思えません」

「身内の者は、すぐに、連絡されたし。遺産相続のためにと、ありますよね。これも、われわれが、今まで、調べてきたことと関係ありますよ。おかしいのは、K・サユリという、広告主の名前を書きながら、住所も、電話番号も、書いていないことです。これでは、連絡のしようがありません」

「そうですね、ケイコ・トーマスの、身内の者は、すぐに、連絡されたしといいながら、連絡先の住所も電話番号もない。たぶん、この尋ね人欄を読む関係者は、どこに連絡すればいいか、わかっているんでしょうね」

「確かに、そんなふうにしか、思えません」

「その点については、私も同感です。ケイコ・トーマスの身内の者は、全員が、連絡すべき場所と電話番号をしっているんですよ」

「東京のホテルで殺された狩野仁も、この尋ね人欄を読んで、自分のしっている電話番号に、かけたんでしょうね。そして遺産相続の分け前に与《あずか》ろうとして、東京にいって、殺されてしまった。そんなところかもしれませんね」

「このマンションに、横浜市の、電話帳はありますかね？」

西本がいい、県警の刑事が、管理人室から、電話帳を持ってきてくれた。

西本は、その分厚い電話帳のページを繰って、念のため、ケイコ・トーマスという名前を、引いてみた。

しかし、その名前は電話帳に載っていなかった。

第三章　殺人の交叉《こうさ》

1

翌朝、これまでの情況と、新たにわかった新事実を、改めて検討するため、川口警部が、ホテルに西本を訪ねてきた。

鑑識から報告があり、ブランド店の事務室で採取された、指紋二百六十のうち、八十の指紋が、被害者のものと、一致した、という。

二人の刑事が、話し合っている時に、西本の携帯電話が鳴った。

取り出して、耳に当てると、

「私です。篠塚美奈です」

と、若い女の声が、いった。その声が、震えていた。

「どこにいるんだ？」

つい、西本の声が、大きくなった。

神奈川県警の、川口警部が、えっという顔で、こちらを見ている。

「今、そばに、誰かいるの？」

と、美奈が、きく。

「神奈川県警の川口警部がいるよ。一緒になって、君のことを、捜している」

西本は、いった。

「神奈川県警の川口警部？　そう、よかった。でも、私、怖くて、外に出られない」

と、美奈が、いう。

「それじゃあ、今は、どこかの家のなかにいるのか？　居場所を教えてくれれば、これから会いにいく」

「信頼できる友だちの、マンションにおいてもらってる」

「怖いというのは、どういうことなんだ？　外国人墓地で、死んでいた女のことをいっているのか？」

「本当は、私が、殺されていたかもしれないのよ」

「どうしてだ？　彼女と、いったい、どういう関係なんだ？」

「関係なんかないわ。私と、同じ名前だったから殺されてしまった。私は、そう思っているの」

「とにかく、一刻も早く、君に会って、話をききたいんだ。だから、今いる場所を、教えてくれ。すぐ会いにいく」

「元町の小さなマンションよ」

美奈が、マンションの番地と名前、三〇五号室という、部屋の番号を教えた。

「わかった。これからすぐ、川口警部とそっちへいく」

と、いって西本が、携帯電話を切ろうとすると、

「切らないで」

と、美奈が、いった。

「西本君と繋がっていないと、とても不安なのよ」

「じゃあ、電話で話しながら、そっちにいくよ」

と、西本が、いった。

川口警部は、すぐパトカーを走らせた。その間も、美奈は、

「今、どのあたり？　あと何分ぐらいでこっちに着く？」

と、やたらに、急かせてくる。

「僕は、横浜の地理が、よくわからないんだ。だから、何分で、そっちに着けるかもわからない」

西本が、美奈に答えていると、横から川口が、

「あと五、六分ですよ。間もなく、到着します」

と、いう。

西本は、川口の言葉をそのまま、美奈に伝えた。

途中の道が混んでいる。

今度は、川口警部が、いらいらして、

「急ぎましょう」

と、いい、サイレンを、鳴らした。

やっと、車を、かきわけるようにしながら、目的地のマンションの前に、着いた。

西本と川口警部が、パトカーから、飛び降りる。

その時、マンションのなかから、銃声のような音が、きこえた。

エレベーターが、一基だけあったが、それに乗っている暇はない。西本が、携

帯電話で、

「何があったんだ？　大丈夫か？」

と、安否をたずねながら、二人は、急な階段を、駆けあがっていった。

三階の五号室の前に着く。廊下には、誰もいなかった。

ただ、三〇五号室のドアが、少しだけ、開いている。

妙に静まり返っていた。

ドアには、チェーンロックが、かかっていた。

ドアの隙間から、

「大丈夫か？」

と、西本が、なかに向かって怒鳴った。

だが、返事はない。

もう一度、西本が、大きな声で怒鳴ると、やっと、

「西本君？」

美奈の声が、した。

その声が、前よりも一層、震えているように、きこえた。

「本当に、西本君？」

「そうだ。僕だ。何をしているんだ？　早くドアを、開けてくれよ」

「本当に、西本君ね？」

「どうしたんだ？」

「そこには、西本君のほかにも、誰かいるの？」

「神奈川県警の川口警部だ」

「じゃあ、ドアの隙間から、西本君の警察手帳を、ほうり投げて。確認するから」

と、美奈が、いう。

西本は、いったい、何を怖がっているのかと、少しばかりむかつきながら、いわれるままに、警察手帳をドアの隙間から、ほうりこんだ。

それで、やっと、ドアの隙間から、美奈の顔が見え、チェーンロックが、外された。

西本と川口警部が、部屋のなかに入っていく。

1LDKの部屋のなかで、美奈が、蒼ざめた顔で震えていた。こんな美奈の顔を見るのは、初めてだった。学生の頃、美奈は、生き生きとして怖いものしらずの女性だったのだ。

「硝煙の臭いがしますね」

川口警部が、落ち着いた声で、いう。

「撃たれたのか？」

と、西本が、きいた。

美奈が、黙ってうなずく。

「とにかく、座ろう」

西本は、美奈を、落ち着かせようとして、ソファに、座らせてから、

「いったい何があったのか、詳しく、話してくれ」

「携帯で、西本君と話していたら――」

美奈が、ぼそっと、いう。

「そうだよ。君が怖がるから、携帯で話をしながら、パトカーを飛ばしてきたんだ」

「携帯で、話していたのよ」

「ああ、それはわかっている。その先を話してくれ」

「突然、ドアがノックされたの」

「それで？」

「てっきり、西本君が、県警の刑事さんと一緒に、到着したんだと思ったの」

「それで？」

「神奈川県警の川口ですと、男の人がいったのよ」

「その男は、川口だといったのですか？」

川口警部が、眉を寄せて、きく。

「ええ。警視庁の、西本刑事も一緒ですというから、私は安心して、ドアを開けようとした。万一に、備えて、チェーンだけは、かけたままに、してね。ドアを、細めに開けた途端に、いきなり撃たれたの。もう少しで、死ぬところだったわ」

美奈が、怯えたような声で、いった。まだ顔は、蒼白いままだし、手が小刻みに震えている。

「ひょっとすると、部屋のどこかに、盗聴器が仕かけられ、盗聴されていたのかもしれませんね」

川口警部が、いった。

「携帯のやり取りをですか？」

西本が、きく。

「ほかに、考えようがありませんよ」

と、川口警部は、西本にいってから、盗聴を避けるため、パトカーに、移動することを、提案した。

改めて、川口が、美奈に向かって、きく。

「男の顔を、見ましたか？」

「ドアを開けた途端に、撃たれたの。顔なんか見ている暇は、ありませんでした。だから、わかりません」

怒ったように、美奈が、いった。

西本が、部屋のなかを、調べると、壁に、拳銃の弾が、めりこんでいるのがわかった。たぶん、拳銃を撃った犯人も、少し、慌てていたのだろう。

川口警部が、パトカーのサイレンを鳴らし、その音が、近づいてきたので、犯人が、慌てたとすれば、サイレンを鳴らしたことが、美奈の命を救ったことになる。

川口警部が、捜査本部に連絡を入れ、鑑識を、すぐ、よこすように伝えた。

「もっと話せるか？」

西本が、きいた。

「大丈夫だけど、うまく話せるかどうか、自信がないわ」

「君に、何があったのか、それだけでも話してくれ」

2

「何から話したらいいの？」

「そうだな、三月十四日の、午後一時に、僕たちは、外国人墓地で会うことになっていた。僕は、その時間に、待ち合わせ場所に、いった。少し早かったけどね。そうしたら、君は、いなかった」

「私は、ずいぶん、早く着いちゃって。三十分くらい、前だったかな。久しぶりに、外国人墓地にきたので、なかを見て歩こうと思って、待ち合わせの時間が、くるまで、ゆっくりと歩いていたの。すると、突然、四十代ぐらいの男に、声をかけられたわ」

「何といったんだ？」

「サイン帳のようなものを、持っていて、横浜の外国人墓地の管理保全を役所に陳情しようと思っています。その署名をお願いしますと、いわれたのよ」

「それは、入口のところで、やっていたんじゃないのか？」

「それは、しっていたわ。でも、墓地のなかでも、やっているのかと思って、名前と住所を書いたの。そうしたら、変な目で、私のことを、じっと見てたわ」

「それで？」

「気持ちが悪かったから、外国人墓地を出るつもりで、出口のほうに、歩いていったの。そうしたら、突然、奥のほうから、悲鳴がきこえた。私は、やじ馬根性が、旺盛だから、何があったのかと思って、悲鳴がきこえたほうに、向かって、走っていったの。そうしたら、あの、大きな墓の前に、女の人が倒れていたわ。そのことには、びっくりしたけど、別に、怖くはなかった。ふと気がついたら、私に、署名をさせた男が、じっと、私のことを見ていたの。次は、お前の番だぞ、みたいな顔をしていたから、急に怖くなって、逃げ出したわ。おそらく、そのあと、西本君が、きたんだと思う」

「どうして、僕に、連絡をしてこなかったんだ？」

「怖かったの。慌てて、外国人墓地から、逃げ出したら、あの男が、ずっと追いかけてきたんだもの。逃げても逃げても、あの男が、追いかけてくるのよ」

「どんな男ですか？」

川口警部がもう一度、きく。

「四十代ぐらいの男。目がやたらに怖かったわ。今でも、忘れられない。次はお前だぞ。今度は、お前を殺してやる。そういっているみたいな、目だった。とにかく怖くて、混乱してしまって、西本君に連絡する余裕も、なかったのよ。そうしたら、外国人墓地で、死んだ女の人は、私と同じ名前だった。あ、これは、私と、間違えられたんだと、思ったの」

「それなら、なおさら、僕に、連絡するべきじゃないか?」

「ええ、私も、そう思ったんだけど、その時、携帯に、電話がかかってきたの。てっきり西本君だと、思ったのよ。私のことを、心配して、電話をかけてきたんだと思ったの。でも、違っていた。きいたことのない男の声で、いえ、違うわ、あれは絶対にあの男の声だわ。私が電話に出ると、いきなり、あの男がいったの。今日のことは、黙っていろ。絶対に、誰にも喋ったり、連絡したりするな。そんなことをしたら、お前を殺してやるって」

「本当に、その男は、君のことを、見張っていたのかな?」

「それは、わからないけど、何度も、あの男が、電話をかけてきたの。そして、いうのよ。いいか、黙っていないと、お前を殺してやる。外国人墓地で死んでいた女を、見ただろう？　あの女と同じように、殺してやるぞっていわれたわ。私の携帯電話の番号も、なぜかしっているし、ますます、怖くなってしまったの。それに、変なことも多いし、マンションも、見張られているような気がして、この女友だちのマンションに、逃げてきていたのよ」

「君は、今、ご両親が、亡くなられて、ひとり暮らしをしているようだけど、確か、大学の頃は、ご両親と、暮らしていたよね」

「ええ。両親が、三年前と二年前に、相次いで亡くなって、それで、元町に引っ越してきたの」

「じゃあ、実家はもう……」

「いいえ。家族の思い出が、いろいろ、つまっている家だから、まだ、そのまま残してあるわ」

「私から、少し、質問してもいいですか？」

と、川口警部が、いい、美奈がうなずくと、ポケットから、ボイスレコーダーを取り出した。

「ケイコ・トーマスという名前は、以前からしっていましたか？」

と、川口警部が、きいた。

「今は、しっていますけど、以前は、まったく、しりませんでした。ただ、亡くなった、母方の祖父から、うちには、アメリカに親戚がいると、いわれたことが、あります」

「この新聞の、尋ね人欄の三行広告は、見たことがありますか？」

川口警部は、新聞を取り出すと、美奈に、見せた。

「最初は、その広告のことは、まったくしりませんでした。十日ほど前に、男の人から、電話がかかってきたんです」

「どんな電話ですか？」

「とても、丁寧な言葉遣いなんですよ。篠塚美奈さんですかときき、私がそうですと、答えると、新聞の広告は、見ましたか？　どう、答えるおつもりですか？　興味がありますか？　あるのなら、どんな興味があるのか、教えてもらえませんか？　そんなことをきくんです。最初、いったい、何のことをいっているのかわからなくて、どんな広告ですかって、きいたんです」

「そうしたら相手は、何といいました？」

「ケイコ・トーマスの件ですよ。あなたは、関係者なんだから、何らかの、意思表示をしたほうがいいですよ。それをしないと、かえって疑われます。そんなことをいうんです。私は、何もわからないので、ケイコ・トーマスって、誰ですかと、きいたんです。そうしたら、急に、男の人は怒り出してしまって、そういう態度はいけませんね。あなたは、いったい何を企《たくら》んでいるのですかと、きくんですよ。ですから、私は、何も、企んでいません。第一、ケイコ・トーマスなんていう人、しりませんって、いったんです。でも、私が否定すればするほど、相手は、疑ってかかってきて、何を企んでいるのかわからないが、そういう態度を取っていると、危険な目に遭うことになりますよ。そういって、電話を切ってしまったんですよ」

「それから、どうなったんですか？」

「次の日に、今度は、女の人から、電話がかかってきました」

「どういう電話ですか？」

「変に馴れ馴れしい感じで、篠塚美奈さんね？　昨日、男の人から電話があったでしょう、ケイコ・トーマスのことについてなんだけど、というんです。私が、ええ、ありましたよというと、どう返事をしたのときくので、私には、何も、わからないと、いいました。本当ですものね。その女の人は、電話の向こうで、笑い出しました。こういったんです。そんな返事をしたら、ますます、疑われるわよ。遺産がほしいのなら、はっきり、ほしいといったほうがいいわ。そのほうが、安全だから。いらないというと、かえって、遺産をすべて、手に入れようとしていると疑われて、危険な目に、遭うわよ。それから、電話をしてきた男の人のことは、あまり、信用しないことねって。お名前はと、きいたら、私は、シノヅカミナよ。覚えておいて。そういわれたので、びっくりしたんです。それで、同じ名前なんですかと、きいたら、そうなの、面白いでしょう。そういって、その女の人は、電話を、切ってしまいました」

「その後、その二人から、電話はかかってきましたか?」

「いいえ、かかってきません。でも、私は気になって、新聞の広告を探して、見てみたんです」

「それで、どう、思いました?」

「亡くなった祖父が、うちには、アメリカに親戚がいるといっていたのを、思い出しました。それが、ひょっとすると、ケイコ・トーマスという女性に、関係があるのかもしれない。そう思って、調べてみたのです」

「それで、何か、わかりましたか?」

「図書館にいって調べました。横浜に関係があるのかと思って、横浜の、歴史のことも調べました。そうしたら、外国人墓地に、ケイコ・トーマスのお墓が、あることがわかりました。それが、私に、どう関係してくるのかがわからなくて、大学時代の友だちの西本君に、電話をしたのです。彼は刑事だから、いろいろと調べてくれるに違いないと、思ったものですから」

西本は、美奈の言葉を、引き取るように、

「それで、三月十四日の午後一時に、外国人墓地の前で、会いたいといってきたんだね？」

「そうなの。いろいろと、興味があったし、それに、少しは、怖かったから」

と、美奈が、いった。

「ケイコ・トーマスのお墓の前で、死んでいた、いや、殺されていた女性ですが、あなたと同じ、篠塚美奈と名乗り、運転免許証も、持っていた。彼女を前からご存じだったんですか？」

と、川口警部が、きいた。

「会ったことは、ありませんけど、今もいったように、電話をかけてきた女性が、名前をきいたら、自分は、シノヅカミナだといいました。その時は、漠然と、自分と同じ名前の人がいるんだなと、思っただけでしたけど」

「まだ、被害者について、詳しいことは、わかりませんか？」

西本が、川口警部に、きいた。

「先ほど、お話ししようとしたんですが、運転免許証は、精巧に作られた、偽造免許証と、科捜研から、報告がきました。マンションの管理人と、ブランド物店の店員に対して、事情聴取を、始めたところですが、口を割るのは、時間の問題でしょう」

「でも、どうして、私が、こんな目に遭わなくちゃ、ならないの？」

美奈が、西本に向かって、文句をいった。

西本は、苦笑して、

「僕に、文句をいわれても困るよ。どうやら、君は、ケイコ・トーマスの、遺産相続人のひとりらしい」

「でも、まったく、自覚がないの」

「しかし、亡くなった、お祖父さんから、アメリカに、親戚がいると、きかされたことがあるんだろう？　さっき、そういっていたよね？」

「確かに、そう、きかされたけど、具体的な話はなかったわ。ケイコ・トーマスという名前も、きいていないし、トーマス商会という名前も、きいていなかった」

と、美奈が、いった。

「たぶん、君のお祖父さんは、遺産のことなんか、まったく考えていなかったと思うね。ケイコ・トーマスさんという女性だが、アメリカ人の、ジョン・トーマスさんと結婚したんだが、昭和十二年に殺されているんだ。当時、日本は、中国と戦争を始めていたし、アメリカとも、仲が悪かった。敵国人と結婚した、いわば、けしからん女性だと、ケイコ・トーマスさんのことを、日本人は見ていたんだと思うね。そのことが、尾を引いていて、君のお祖父さんも、この人のことを、あまり公《おおやけ》にしたくなかったんじゃないのかな？　今では、アメリカも、日本の敵国では、なくなった。ところが、何らかの事情があって、ケイコ・トーマスさんの、財産をもらう権利のある日本人が、いるのではないかと、調べ始めたんじゃないのかな？」

「でも、私の家族のなかで、トーマス商会とか、ケイコ・トーマスとかいう名前は、話題に、なったことがないんだけど」

と、美奈が、いう。

「たぶん、ケイコ・トーマスさんの、関係者に、遺産を、分配しようという話は、アメリカで起きたんじゃないでしょうか？　ただ、ケイコ・トーマスさんが、亡くなったのは、昭和十二年のことで、当時は、日本とアメリカの関係が、悪化している時でしたから。そのあと、戦争になってしまったので、自然消滅してしまった。最近になって、亡くなったケイコ・トーマスさんの遺言状のようなものが、見つかったんではないでしょうかね？　法的なことは置いておいて、道義的な観点から、その遺言状のようなものの、内容を尊重しよう、ということになった。それで、今度の呼びかけになった。広告のなかにあるK・サユリという名前ですが、たぶん、遺産相続に関して、動いている弁護士さんの名前じゃないかと、思いますけどね。その遺産が、かなりの額にのぼるとなると、遺産相続人の間で、いろいろと駆け引きがあったり、ひとり占めにしようとする人が、出たりなどして、今、ごたついているんだと思いますね。その結果、今回の殺人が、起きてしまったのではないでしょうか？」

川口警部が、自分の考えを、いった。

「ケイコ・トーマスの遺産というのは、いくらぐらいあるんですかね？」

西本が、川口警部に、きいた。

「それも、調べなければなりませんが、何しろ、トーマス商会は、アメリカにありますからね。調べるのが難しいのです。ただ、トーマス商会には、かなりの資産が、あるのではないかと、思いますけどね」

川口警部が、いうと、

「私は、そんな遺産なんて、ちっとも、ほしくないんだけど」

と、美奈が、いった。

「君が、そういえばいうほど、何かを、企んでいるのではないかと、勘繰《かんぐ》ってしまう連中が、いるんだ。だから、君は狙われた」

西本が、いった。

「それにしても、どうして、私が、狙われたの？　だって、今まで、ケイコ・トーマスとか、トーマス商会とかいう名前も、全然しらなかったのに、突然、狙われたのは、誰かが、私のことを、調べているのかしら？」

「もちろん、誰かがあなたのことを、調べているんですよ。問違いない」

と、川口警部が、いった。

「僕からも、君に、ききたいことがある」

西本が、いった。

「川口警部と、君のマンションにいってみた時だけど、ナイトテーブルの引き出しのなかに、メモがあって、僕の携帯の番号が、書いてあった」

西本が、そのマンションの、名前をいうと、

「今はもう、そこには、住んでないわ」

と、美奈が、いった。

「確かに、そこに、住んでいたけど、五日前に、逃げ出してきたの」

「よくわからないが、マンションでも、何かあったのか？」

「突然、変わったの。今までは、大人しくて親切な、よく気のつく管理人さんだったのに、急におかしくなって、私の体に触ったり、私のことをいろいろと、調べ出したの。警察にも相談は、したんだけど……。怖くなって逃げ出したの」

美奈が、いい、西本は、うなずいて、

「管理人もぐるだったんだ。つまり、君を、追い出しておいて、外国人墓地で殺された女を、君の代わりに、あの部屋に入れたんだ。だから、あの部屋には、彼女の指紋が、べたべたついていたんだ。管理人が、あの偽者の君を、前から、住んでいると証言したはずだよ」

「どうして、そんな、面倒なことをしたのかしら？」

「もちろん、ケイコ・トーマスの、遺産のためだよ。そうに決まっている」

と、西本が、いうと、川口警部も、

「私も、そう、思いますよ。たぶん、ケイコ・トーマスの、遺産の相続人の名簿があって、そのなかに、あなたの名前が、あったんですよ。それで、あなたに成りすまして、遺産を、受け取ろうとする人間が現れた。何もしらないあなたを、あのマンションから、追い出して、あなたの代わりに、殺された女が、篠塚美奈に成りすましたのでしょう。ところが、何か、トラブルがあって、彼女が殺されてしまった。そんなことだろうと、思いますね」

「私には、まだ、事態がよくのみこめないんだけど」

到着した鑑識は、迅速に、作業を終えていた。やはり、盗聴器が、仕かけられていた。

報告を受け、川口警部と西本は、部屋に戻って、美奈から、話をきくことにした。

「きくのを忘れていたが、君は今、どんな仕事を、しているんだ?」

西本が、思い出したように、きいた。

「ベイ・グラフィックというデザイン会社があるの。開港百五十周年祭も、手がけたのよ。そこで、働いているわ」

美奈が、いうと、川口警部が、

「それで、思い出しましたよ。横浜開港百五十周年祭の、宣伝ポスターのなかに、あなたがモデルになったポスターが、ありましたね？　今、あなたがおっしゃった会社が、作ったものですか？」

「ええ。うちの会社が、デザインを引き受けて、何種類か、ポスターを、作りました。そのなかに、たまたま、私が、モデルになったポスターも、あったんです」

「君は、この横浜では、目立つ存在なんだ。それなら、君のことを、調べようとすれば、簡単に、調べられる」

西本が、いった。

川口警部は、部屋のなかを、見回していたが、

「あ、そこにも、問題のポスターが、あるじゃありませんか」

と、指さした。

なるほど、壁に、横浜開港百五十周年祭と、書かれた、大きなポスターが、貼ってあった。その一枚は、山下公園をバックに、篠塚美奈が、写っていた。

「君は、ここを、友だちの部屋だといっていたが、彼女も、君と同じ職場の、同

僚なんじゃないの?」

西本が、きくと、

「ええ、同じベイ・グラフィックで働いているお友だち。私は、外に出るのが怖いので、友だちに頼んで、欠勤にしてもらっているんだけど」

と、美奈は、いったあと、急に不安げな顔になって、

「大丈夫かしら?」

と、西本に、きく。

「大丈夫だよ。僕がいるし、県警の、川口警部もいる」

「違うの。お友だちのこと」

「どういう人なんだ?」

「同じ歳なんだけど、信頼のできる人よ。新藤《しんどう》ゆかりっていうの。でも、私が狙われているとなると、彼女も、危ないんじゃないかしら」

「じゃあ、電話をしてみたらどうだ?」

と、西本が、いった。

美奈が、自分の携帯電話で、新藤ゆかりの携帯電話に、直接、かけてみた。

「変ね。電源が切られているわ」

「車を運転しているから、切っているんじゃないのか？」

「彼女は、そういう人じゃないの」

と、美奈は、いってから、続けて、

「うちの会社は忙しくて、絶えず、連絡を取らなくてはいけないから、車のなかでも、携帯の電源は、切っていないはずなの」

心配を募らせた美奈は、会社のベイ・グラフィックに電話をした。

「新藤さんいますか？」

と、きく。

「今、出かけていますけど」

と、電話の相手が、いう。

「どこにいったか、わかります？」

「写真家の、木村《きむら》先生のところです。間もなく帰ってくると、思いますが、篠塚さんでしょう？」

「ええ」

「急に、休んだので、みんな心配していますよ。病気は、もういいんですか？」

「ええ、大丈夫。新藤さんが帰ってきたら、すぐ私に、電話するようにいってください。お願いします」

3

美奈の友だち、新藤ゆかりからの電話は、なかなか、かかってこない。

その間に、西本は、東京で殺された、狩野仁のことを、美奈にきいてみた。

「この狩野仁だけど、名前を、きいたことある？」

「全然、きいたことがないわ。その人も、今回の事件に、関係しているの？」

「東京で殺された。こちらの情報では、この狩野仁も、ケイコ・トーマスの遺産の相続人のひとりらしい」

と、西本は、いった。

「そんな話をきくと、ますます、怖くなってくるわ」

美奈が、いい、そのまま、黙りこんでしまった。

時間が経っていき、昼前になったが、新藤ゆかりからは、まだ、電話がかかってこない。

美奈が、また、会社に、電話をかけた。

「新藤さんは、まだ、会社に、帰ってきませんか？」

「ええ、まだ、戻ってきていません」

「写真家の、木村先生のところにいったんでしょう？　木村先生のところには、もう、着いたのかしら？」

「それがですね、今、木村先生に、電話をしたんですが、まだ、きていないということでした」

「それ、おかしいんじゃないの？　もう一時間以上、経っているわ」

「ええ、こちらも、心配しているんです」

「新藤さんだけど、自分の車で、いったんですか？」

「ええ、最近購入した、軽自動車です。それで、いきました」

電話を終えた美奈に、川口警部が、きいた。

「写真家の木村先生という人の家は、遠いんですか？」

「いえ、そんなに、遠くはありません。会社から、車でいけば、四、五十分くらいのところです」

「それなら、もう、着いていなければおかしいですね。お友だちの顔写真、ありますか？」

川口警部が、いうと、美奈は、

「私は持っていませんけど、彼女の部屋を探せば、どこかに、あるはず」

部屋の、机の引き出しなどを調べ、一枚の写真を見つけて、川口警部と西本の前に置いた。

三人の女性が、写っている。そのなかのひとりは、美奈である。

「この真ん中の人が、新藤ゆかりさん」

と、美奈が、いった。

このあと、川口警部は、新藤ゆかりの乗っている、軽自動車の型式、ナンバーなどをきいたあとで、それを、県警本部に伝えた。

県内を走っているパトカーが、この車を、見つけたら、すぐに、連絡するようにという指示だった。

4

少しずつ、周囲が、暗くなってくる。

午後五時をすぎた時、川口警部に、電話がかかった。県警本部からだった。

問題の軽自動車が、見つかったというしらせだった。

「いってみましょう」

川口警部が、いい、西本と美奈も、彼に続いた。

県警のパトカーに乗り、川口警部が、車を運転した。

「場所はどこですか？」

西本が、きいた。

「何でも、鎌倉《かまくら》の近くだそうです」

「鎌倉は、木村先生が、住んでいるところです」

美奈が、説明する。

四十分で、現場に到着した。

すでに、パトカーが二台、駐まっている。

鎌倉市域に入る道路の端に、真っ赤な軽自動車が駐まっていて、その前後を、挟むようにして、パトカーが、駐まっているのだ。

三人は、パトカーから降りると、軽自動車に、近づいていった。

「お友だちの車ですか？」

川口警部が、きく。

「ええ、新藤さんの車です。間違いありません」

美奈が、答える。

「この先に、写真家の先生が、住んでいらっしゃるんですか？」

「私も一度しか、いったことがありませんけど、確かに、この通りを、まっすぐいくと、木村先生のお宅が、あります」

と、美奈が、答えた。

新藤ゆかりが、木村という、写真家の家に向かっていたことは、間違いないようだが、その途中で、何かが、あったのだ。

西本たちは、軽自動車の運転席を覗きこんだ。

争ったような形跡は、見られない。だが、この車を運転していた新藤ゆかりは、どこかに、消えてしまっているのだ。

西本たちより、先着していたパトカーのなかから、刑事が、川口警部に向かって、

「現在、鑑識を、呼んでおります」

と、いった。

その鑑識が到着し、運転席や、リアシートを調べ始めた。

その後、鑑識が、

「血痕らしいものは、どこにも、見当たりませんね」

と、川口警部に、いった。

「新藤さん、殺されたの？」

美奈が、西本に、きく。

「殺されては、いない。犯人は、新藤という、君の友だちを殺す気はないと思うね。犯人の目的は、何といっても、君なんだからな」

と、西本が、いった。

「でも、どうして、新藤さんが、誘拐されてしまったの？」

「おそらく、君が、新藤という友だちのマンションに入ってしまったからだ。それで、新藤ゆかりさんを、誘拐した」

「これからどうなるの？　新藤さんは、殺されたりしない、本当に？」

「今までの、経過を見ていると、今回の、一連の事件は、ケイコ・トーマスの遺産のために、起きている。君はたぶん、ケイコ・トーマスの遺産の、相続人のひとりなんだ。だから、君は狙われている。そう、考えれば、君の友だちが、殺される理由はない」

と、西本が、繰り返した。

「私は、いったいどうしたらいいの？　新藤さんは、どうしたら、助かるの？」

「それを、これから考えましょう」

と、川口警部が、いった。

「あのマンションに、帰るのは、どう考えても、危険ですから、安全なホテルに、ご案内しますよ」

5

西本は、十津川に電話をかけ、今日一日の、事件と判明したことについて、詳細に報告した。

「やはり、ケイコ・トーマスの遺産というか、分配に絡んで問題が起きたと、思います。遺産の総額や、どのように、相続人に分配されることになっているのかは、今のところわかりません。殺人事件が、起きているところを見ると、かなりの金額だと思うのですが、そちらで、詳しいことを、調べられませんか？」

西本が、いうと、十津川は、

「私個人では、どうしようもないが、事件の捜査には、必要だと思うから、本部長に、相談してみる。君は、事件の目処《めど》がつくまで、神奈川県警に、協力しろ。許可は取っておく」

十津川から、相談を受けた三上刑事部長は、外務省に、話を持っていったらしい。

さらに、外務省から駐日アメリカ大使館に、協力を依頼したと思われる。

驚いたことに、翌日には、結果が、三上刑事部長を通じて、十津川の手元に、届けられた。

五枚にわたる、報告だった。

十津川は、それを、ファックスで、横浜中警察署に設置された、捜査本部に送った。

〈現在、サンフランシスコに本社のあるトーマス商会は、大正初めに、ジョン・トーマス氏が、日中間の貿易拡大を狙って、横浜に設けた会社が、前身である。

ジョン・トーマス氏は、聡明な、日本人女性ケイコを、秘書に迎え、二年後、二人は、結婚した。

彼女が、今、問題になっている、ケイコ・トーマスである。

会社も順調に規模を拡大していった。

ケイコ・トーマスは、日本の美術に、造詣《ぞうけい》が深く、夫であるジョン・トーマスの、協力を得て、日本の美術品を、大量に買い入れていった。

一九三七年、昭和十二年、日本と中国との間に戦争が起こり、日本とアメリカとの間が、険悪になっていった。

そうした空気のなかで、反米家の人間によって、トーマス夫妻の乗った車が爆破され、ケイコ・トーマスが、死亡し、ジョン・トーマス氏は負傷し、片足を失った。ジョン・トーマス氏は、アメリカに帰国し、米中間の貿易会社である、現在のトーマス商会を設立し、大企業に成長させた。また、帰米に際し、購入した美術品を、サンフランシスコに持ち帰った。

一九四五年、昭和二十年戦争が終わり、日本では美術品の散逸《さんいつ》が激しかった。亡くなったケイコ・トーマスの遺志を継いだジョン・トーマス氏は、そうした、日本の混乱した状況を悲しみ、散逸する日本の美術品を買い集め、それを、やはり、サンフランシスコに送り、日本美術館を、建設して、そこに、展示することにした。

その数は、膨大なもので、貴重な品も多数含まれていた。

今年になって、創業者の息子である、ヘンリー・トーマス氏が、八十七歳で死亡し、その遺品のなかから、まだ、実行されていなかった、ケイコ・トーマスの遺書が、発見された。

遺書によると、自分は、結婚によってアメリカ籍になったが、あくまでも日本人である。私の血を引いた者が、日本にいる。その人たちに、自分の遺産を、わけてあげてほしい。

孫である、現在のトーマス商会の社長、マイク・トーマス氏は、その遺書を尊重し、ケイコ・トーマスが集めた日本の美術品、あるいは、彼女の死後、夫ジョン・トーマスが集めたもの、重要文化財級を除いたそれらの大部分を、競売《きようばい》にかけ、それで得た金を、日本に住むケイコ・トーマスの親族に、贈ることにした。

そこで、日本とアメリカの弁護士資格を持ち、サンフランシスコ在住のK・サユリという、日本人の敏腕弁護士に、任せることにした。

競売の結果、その金額は一億六千万ドル、日本円にして約百五十億円にのぼっ

た〉

報告書には、つけ加えて、弁護士のK・サユリ氏は、遺産相続人の調査のために、現在、東京の〈帝国ホテル〉に逗留しているとも書いてあった。

6

「百五十億円ですか。ものすごい金額ですね」

県警の川口警部が、小さな、ため息をついた。

〈横浜ロイヤルパークホテル〉の一室である。川口警部は昨夜、捜査協力のため、西本刑事が宿泊している、このホテルに、篠塚美奈の、部屋を用意したのである。

「この金額では、殺人事件が起きてもおかしくありませんね」

と、西本が、いった。

篠塚美奈も、その金額に、圧倒された顔をしている。

「どうしたらいいのかしら？」

蒼い顔で、美奈が、いう。

「しばらくは、ここから、動かないほうがいいね」

と、西本が、いった。

「問題は、遺産相続人が、日本に、何人いて、どういう人間かということですね」

と、川口警部が、いう。

「それについて、この報告書には、何も、書いてありませんね」

西本が、不満げに、いったとき、十津川から、電話がかかった。

「報告書は読んだか？」

「ええ、読みました。私も、県警の川口警部も、金額の大きさに、驚いているところです」

西本が、いうと、十津川は、

「これから『帝国ホテル』にいって、K・サユリという、女性弁護士に会ってこようと思っている。一緒にいかないかね？」

「もちろん、いきたいですね」

西本は、十津川と〈帝国ホテル〉の一階ロビーで、落ち合い、二人で、一カ月以上前から、宿泊しているというK・サユリという、女性弁護士と会うことにした。

フロントを通じて、彼女の部屋に、連絡を入れてもらうと、相手は、一階のロビーで、会うということになった。

年齢は、四十代くらいだろうか？　日本人の顔だった。

そのうえ、ありがたいことに、日本語が、堪能《たんのう》だった。日本人だから当たり前なのだが。

十津川は、ケイコ・トーマスの遺産に絡んで、東京と横浜で、殺人事件が起きていることを報らせ、協力を、要請した。

「とても、悲しんでいます。本来は、嬉しいことのはずなのに、どうして、こんな悲劇が、起こってしまうのでしょうか？」

K・サユリが、いった。

「アメリカ人も、同じでしょうが、日本人のなかにも、いい人間もいれば、悪い人間も、いるのです。高額な遺産に、目がくらんで、独占しようとして、殺人を犯す人間もいるのですよ。われわれは、そうしたけしからん人間は、必ず逮捕します。絶対に、逃がしません。正当な相続人に、遺産が正しく、渡ることを祈っています」

と、十津川が、いった。

「それをきいて、少し、安心しましたわ」

K・サユリが、微笑を、浮かべた。

「遺産相続人の、名簿のようなものは、お持ちなんですか？」

西本が、きいた。

「それは持っていません」

「それでは、遺産相続人が、わからないでしょう？」

「一九三七年、ケイコ・トーマスが亡くなった時ですが、その時の、彼女の家系図のようなものは、持っています。その時からすでに七十二年も経っていますから、ケイコ・トーマスの身内の人間が、どこに、今、何人ぐらいいるのかも、わからないので、新聞の尋ね人欄に広告を、出したのです」

「自分こそ、正当な相続人だという人間は、現れましたか？」

「今までに、三人の方が、連絡をしてきました」

「その三人が、本当に、正当な相続人なのかどうか、どうやって、調べるんですか？」

「こちらにきてから、日本で、一番優秀だという興信所に、依頼して、ひとりひとり調べてもらっています」

「何という、興信所ですか？」

「新日本興信所というところですが」

「その興信所なら、名前は、よく、しっていますよ」

「そこと契約して、名乗り出た人たちが、本当に遺産相続人かどうかを調べて、もらうことにしています」

と、K・サユリが、いった。

「そのなかに、篠塚美奈という名前は、ありますか？　もうひとり、狩野仁という男性ですが、その名前も、ありましたか？」

西本が、きいた。

K・サユリは、自分の手帳を取り出して見ていたが、

「篠塚美奈さんと、狩野仁さんなら、お二人とも、連絡がありましたよ。狩野仁さんは、東京のホテルに、泊まっていて、これから会いにいくと、いわれたので、待っていたんですが、とうとう、お見えになりませんでした。その後、あの、痛ましい殺人事件のことをしらされたのです」

「篠塚美奈さんのほうは、どうですか？」

「電話が、ありました。ただ、ご本人からではなくて、彼女から、頼まれたという、弁護士さんからでした」

「どんな、電話だったんですか？」

「篠塚美奈という女性がいて、この人は間違いなく、ケイコ・トーマスの親戚である。横浜の、外国人墓地に、ケイコ・トーマスのお墓がある。今回、そのお墓の前で、あなたに、お会いしたい。その時、私のほうから、篠塚美奈が、間違いのない本当のケイコ・トーマスの血を継いだ人間であることを、お話しする。そんなふうに、いわれたのです。ただ、その日にちを、いつにするかを決めかねている間に、あの事件が、起こってしまったのです。本当に、悲しいことです。私が出した、新聞広告のために、二人の方が、亡くなってしまったんですから。でも、私の仕事なので、来週早々に、また広告を載せます」

と、K・サユリが、いった。

「もうひとりの方が、誰なのか、教えていただけませんか」

「それは、できません」

「あなたは、いつまで、日本に滞在なさるのですか？」

十津川が、きいた。

「正当なケイコ・トーマスの遺産相続人が、見つかって、財産を譲る手続きをすませたあとで、アメリカに、帰ろうと思っています」

「今後ですが、私たち日本の警察と、緊密に連絡を、取っていただきたいのですよ。百五十億円という途方《とほう》もない金額が、相続されるわけですから、それを狙って、あなたを騙そうとする人間が、必ず現れると思いますから」

と、十津川が、いった。

K・サユリは、笑って、

「私もそんな感じがしています」

「妙な電話も、かかってきているんじゃありませんか？　あなたを脅迫したり、騙したりするような電話が」

十津川が、いうと、K・サユリは、また、笑って、

「日本人の方から、電話があると、私は最初、日本語が、わからない振りをして、英語でお答えするんですよ。そうすると、私の仕事上のものでなかったら、たいてい、途中で、向こうが、電話を切ってしまいます」

「失礼ですが、現在、おひとりで、この仕事をなさっているんですか？」

「ええ、ひとりで、仕事をしております。本当は、日本のことに詳しい、信頼のおける、秘書の方を、雇いたいんですけど、適当な人が、なかなか見つからなくて」

K・サユリが、いう。

「それでは、私の部下をひとり、ご紹介しますよ。若い、女性ですが、英語も堪能ですし、頭もいい。格闘技も、得意です」

十津川は、そういって、すぐ、北条早苗刑事を呼び寄せることにした。

彼女が到着すると、十津川は、K・サユリに、引き合わせた。

十津川は、早苗に、K・サユリが現在、泊まっている部屋の隣の部屋に、しばらくの間、泊まりこみ、K・サユリを助けるようにといった。

西本が、K・サユリに、向かって、

「篠塚美奈という女性は、私の友人です」

「横浜の外国人墓地で死んだ方ね」

「いや、横浜で殺されたのは、篠塚美奈の、偽者です」

「よくわかりませんけど」

「篠塚美奈本人は、何でも、亡くなった祖父から、うちには、アメリカ人の、親戚がいると教えられていたそうです。今度、あなたが、来日されて、ケイコ・トーマスの遺産について、いろいろと、動き出されると、急に、彼女が、命を狙われるようになりました。もし、あなたが、篠塚美奈のことを調べておられるのなら、その結果を、ぜひ、私に教えてくださいませんか?」

「今、お話しした以上のことは、お教えできません」

第四章　ある名簿

1

東京と横浜で、関連があると思われる、殺人事件が起きたので、現在、警視庁と、神奈川県警が、合同捜査を実施している。

西本刑事に与えられている任務は、篠塚美奈の、安全確保である。

それに関連して、懸念されているのは、篠塚美奈と同じ会社で働いている、新藤ゆかりが失踪したまま、まだ、見つかっていないことだった。

新藤ゆかりは、断定は、できないが、誘拐・監禁されていると、考えられている。

誘拐された現場が、神奈川県下なので、新藤ゆかりの捜索は、神奈川県警の、担当ということになっている。ただ、篠塚美奈との関連があるので、神奈川県警の捜査に、西本刑事も協力するようにといわれていた。

篠塚美奈は、現在、横浜市内の〈横浜ロイヤルパークホテル〉に入り、神奈川県警の刑事二人が、警護に当たり、西本刑事もそれを手伝っている。

美奈が、西本に訴えていた。

「私が、一番心配なのは、新藤さんのことなの。彼女が、誘拐されたのは、私のせいだと、わかっているわ。このままだと、彼女、殺されてしまうんじゃないかしら？　それが心配なの」

「犯人の目的は、新藤さんではなくて、あくまでも、君なんだ。だから、犯人は、何とかして君に接触しようとするはずで、それまでは、安全だよ。それは、僕が、保証する」

西本は、美奈を、慰めたあとで、

「今の君に考えてもらいたいことがある。君が、命を狙われたり、君の偽者が、殺されたり、君の友人の、新藤ゆかりさんが誘拐されたりしたのは、すべて、ケイコ・トーマスの莫大な遺産のためだ。何しろ、百五十億円だからね。その遺産相続人のひとりに、君は、なっているんだ」

「でも、私は、何も、しらないのよ。ケイコ・トーマスという名前もしらなかったし――」

「本当に、しらないのか？」

「ええ、本当に、しらない」

「君は、もちろん、昭和十二年には、生まれていなかったね？」

「当たり前でしょう」

「そうだとすると、亡くなった、君の両親ということになるな」

「昭和十二年って、何なの？」

「昭和十二年の八月一日に、問題のケイコ・トーマスが、横浜市内で、襲われ、亡くなっている」

「私の父が、生まれたのは、それよりあとの、昭和十八年、母は二十年だから、そのこと一つ取っても、ケイコ・トーマスとは、何の関係もないわ」

「そうなると、君のお祖父さんか、お祖母さんのことになるのかな」

「祖父も祖母も、とっくに、亡くなっているわ」

「トーマス商会から、君宛てに、何か、通知のようなものはきていないか？　君か、あるいは、ご両親には、ケイコ・トーマスの遺産を受け取る権利がある。そうった内容の通知とか、手紙だがね」

「そんなもの、見たことないし、連絡も、受けてないわ」

美奈が、あっさり、否定する。

「現在、遺産相続の件で、K・サユリというトーマス商会の顧問弁護士が、来日しているんだよ。『帝国ホテル』に、泊まっている。彼女から、電話がかかってきたことはないか？」

「私には、電話なんかなかったわ」

西本は、考えこんでしまった。目の前にいる美奈が、嘘をついているとは、到底思えないのだ。

しかし、ここにきて、彼女の名前を騙《かた》る女が現れ、その女が殺され、篠塚美奈自身も、狙われている。

それはすべて、ケイコ・トーマスの遺産に、絡んでのことと、十津川も、考えているし、神奈川県警も、そう、思っているはずである。

何者かが、篠塚美奈が、ケイコ・トーマスの、遺産の相続人のひとりだと、しっているのだ。だから、美奈の、偽者が出現したり、誘拐が起きたりする。

それなのに、なぜ、篠塚美奈本人が、何もしらずにいるのか？

この日の夕方、横浜中警察署の捜査本部で、警視庁と神奈川県警との、合同捜査会議が開かれた。

十津川と西本が出席した。

東京のホテルで、殺人事件が起こり、狩野仁、三十歳が、殺されている。

一方、横浜の外国人墓地のなかで、偽者の篠塚美奈が、殺された。被害者女性は、店の従業員の事情聴取によって、その店の店長である山崎美香《やまさきみか》が、顔や年齢などが似ている篠塚美奈に、成りすましていたことが、判明した。従業員たちは、脅しと、高額の報酬につられ、口裏を合わせていたのである。

篠塚美奈が、住んでいた、マンションの管理人も、同様に、偽者に、籠絡《ろうらく》されていた。

「もう一つ、鎌倉市内で、誘拐事件が起きています。誘拐されたのは、新藤ゆかり、二十八歳です」

神奈川県警の川口警部が、捜査本部長に、向かって、その事件を説明する。

「今のところ、まだ、誘拐と断定することはできません。現在、新藤ゆかりの家族、あるいは、彼女が働いている会社の責任者に対して、犯人から、何の連絡も、ないからです。しかし、誘拐の恐れは、充分にあり、また、この事件は、東京と横浜で起きた、殺人事件と、関係があると、われわれは、思っています。この二つの殺人事件と、誘拐事件は、昭和十二年八月一日に日本で亡くなったケイコ・トーマスの遺産と関係していて、その額は、現在の円レートで、百五十億円といわれています。この莫大な、遺産の相続人について調べるために、アメリカから、K・サユリという敏腕弁護士が来日して、東京の『帝国ホテル』に滞在しています」

「これから先、どう捜査を進めていったらいいか、君の意見をききたい」

捜査本部長が、いった。

川口警部は、十津川に、目をやってから、

「警視庁捜査一課の十津川警部とも相談したのですが、二つの殺人事件と、誘拐事件には、間違いなく百五十億円という莫大な遺産相続が、絡んでいます。東京で殺された、狩野仁という三十歳の男は、この莫大な遺産の、相続人のひとりであり、そのために殺されたと、証拠はありませんが、われわれは推測しています。現在、日本に、その相続人が何人いるのかもわかりませんし、名前と住所、電話番号など、まったく、わかっていません。それがわかれば、捜査は、大きく、進展するものと思っています。ケイコ・トーマス、日本名、狩野恵子の、子孫を、洗い出す必要がある、と思います」

「それなら、今、君がいった弁護士のK・サユリという人に会って、直接、きいてみればいいだろう？　彼女は、今、日本にきて『帝国ホテル』に、滞在しているんだろう？　日本にいるケイコ・トーマスの、遺産の相続人に会いにきているとしたら、その弁護士にきけば、相続人の名前も住所も、相続人が何人いるのかも、わかるんじゃないのかね？　連絡は、取ったのか？」

捜査本部長が、きいた。

「もちろん、K・サユリという、女性弁護士に、連絡を取りました」

「それで？」

「実際に会われたのは、十津川警部と西本刑事ですが、今、本部長が、いわれたのと同じことを、彼女に頼んでみました。遺産相続人の名簿を、提出してほしいと、いったのですが、驚いたことに、そんなものは、持っていないし、そもそも、存在していないというのです」

川口警部がいうと、本部長は、眉をひそめて、

「そんな答えは、嘘に、決まっているじゃないか。遺産相続人の人数も、名前も住所も、わかっているからこそ、弁護士は、日本に、きたはずだろう？」

「私も、そう、思ったのですが、どうも違うようなのです。K・サユリという、女性弁護士ですが、彼女のほうから、遺産の受取人に、連絡をするのではなくて、名乗り出てくるのを、じっと待つのだと、いうのです」

「相続人が、自分から名乗り出てくるのを待つのか？」

「そう、いっているのです。確かに、前にも、問題になった奇妙な広告のことがあります」

「その新聞広告のことなら、覚えているよ。確か、ケイコ・トーマスの遺産について、心当たりのある者は、連絡しろ。そういう広告だったな？」

「K・サユリは、その新聞広告を出したのは、自分である。遺産の相続について、心当たりのある日本人がいれば、新聞社に、問い合わせるなりして、こちらに進んで、連絡してくるはずだと、いうんですよ」

「それで、実際に、何人が連絡してきたのかね？」

「三人から連絡があり、そのうちの二人は、狩野仁と、偽者と思われる篠塚美奈です。ただ、莫大な金額の、遺産が絡んでいるので、公にすると、また、争いが起きてしまう。それが、怖いので、当分は、発表しない。彼女は、そういっているんですよ。われわれにも、教えられない、といっています。もう一つ、彼女が、いっていることがあるのです」

「どんなことを、いっているんだ？」

「来週早々、日本の新聞に、前と同じ広告を載せるといっています」

「わかった。ところで、十津川警部の考えもききたいね」

　捜査本部長は、十津川に目を向けた。

「私も、川口警部と、同じ考えを持っています。東京・新橋のホテルで、起きた殺人事件と、こちらで起きた殺人事件、そして、誘拐事件と、すべて、ケイコ・トーマスの、莫大な遺産に関係していると、私も、確信しています」

「現在、トーマス商会の、弁護士が来日して『帝国ホテル』に、滞在している。川口警部によれば、Ｋ・サユリ弁護士は、遺産相続人の名簿などは持っていない。相続の権利を持っている人から、連絡してくるのを待っていると、いっているらしいが、十津川警部は、この言葉を、信用できるかね？」

「たぶん、その弁護士は、本気だと思います。しかし、彼女が、遺産相続人の名簿を、持っていないというのは、嘘だと思いますね。名簿も持たずに来日するとは、とても、思えないからです。ただ、彼女も、遺産相続に絡んで、二人の人間が、殺されたことは、しっています」

「K・サユリという弁護士が、何を考えているのかが、わからないと、こちらの捜査も、進展しないんじゃないかね？」

「確かに、その心配はあります。これは、内密にして、おいていただきたいのですが、私の部下の、女性刑事、名前は北条早苗といいますが、彼女が今、K・サユリ弁護士の、手伝いをしています。彼女から、日本人で優秀な秘書がほしい。そういわれたので、北条早苗刑事を、推薦したのです。今のところ、弁護士は、北条刑事のことが、気に入っているようで、いろいろと、仕事を頼んでいるようですから、そのうちに、北条刑事からK・サユリ弁護士が、何を考えているか、どんな名簿を持っているのかなどの連絡が、あると、期待しております」

「次は、警視庁の、西本刑事に質問したいのだが」

と、捜査本部長が、西本に、目を向けて、いった。

「確か、君と知り合いの、篠塚美奈という女性が命を狙われたという報告を、受けているんだが、本当かね？」

「本当です」

と、西本が、答える。

「篠塚美奈は、ケイコ・トーマスの遺産の、相続人のひとりだときいたが、これも本当かね？」

「その点については、篠塚美奈自身が、わからないと、いっていますので、断定はできませんが、私は、相続人のひとりだろうと、考えています。それで、彼女は、命を狙われたのだと、思いますから」

「彼女に、ケイコ・トーマスの、遺産相続人のひとりかどうか、きいたことがあるのか？」

「ききました」

「それで、答えは？」

「覚えがまったくないというのです。トーマス商会のほうから、連絡を受けたこともないし、現在、来日しているK・サユリ弁護士からの、連絡もない。亡くなった両親からも、それらしいことを、きいたこともない。彼女は、そういっております」

「それは、少し、おかしいんじゃないのかね？　遺産の相続人であることを、本人が、まったくしらない。それなのに、遺産相続に絡んで、命を狙われた。なぜなのかね？」

「確かに、おかしいのです」

「彼女を狙った人間、あるいは、横浜で殺人を犯した人間は、篠塚美奈という君の友人が、ケイコ・トーマスの、遺産の相続人のひとりだということを、しっているわけだ。だからこそ、彼女を襲ったんだし、殺人も、犯したわけだからね。どうして、犯人が、そのことをしっているのかね？　本人がしらないのに」

「その点が、わからなくて、私も、困っているのです」

2

誘拐された、新藤ゆかりの消息は、相変わらず摑めない。誘拐した犯人から、何の連絡もないからである。

週明けの月曜日に、K・サユリ弁護士がいっていたように、日本の五つの新聞に、同じ内容の広告が掲載された。

〈ケイコ・トーマスの遺産について、相続人の資格のある者は、すぐに、連絡されたし。

帝国ホテル内　K・サユリ〉

ほとんど前と同じ、簡単な広告である。連絡先として、今回は、なぜか、帝国ホテルが記されている。どのくらいの遺産なのか、相続人が何人ぐらいいるのか、そうしたことは、まったく書かれていない。

その翌日に、地元横浜の新聞が、大きく、この遺産相続の問題を取りあげた。

〈戦前、横浜にあったトーマス商会の若いアメリカ人の社長ジョン・トーマスと日本人の美しき女性、ケイコとの間に恋が生まれ、二人は結婚して日本とアメリカの架け橋になろうと努力した。

しかし、世界情勢が、否応《いやおう》なくその気持ちを潰してしまった。

日本と中国との間に、戦争が始まり、中国の肩を持つアメリカに対して、日本人は腹を立てた。反米的な、過激な人間が、昭和十二年八月一日、横浜市内で、トーマス夫妻の車を爆破した。

その結果、ケイコ・トーマスは死亡し、夫のジョン・トーマスは負傷した。

怒り、絶望した、ジョン・トーマスは、横浜の外国人墓地に、妻ケイコ・トーマスの巨大な墓碑を、建てたあと、同年十月末に、アメリカに帰国してしまった。

不幸にも同じ日本人に殺されてしまったケイコ・トーマスだったが、アメリカを愛し、日本を愛していた彼女の気持ちが、ジョン・トーマスの孫によって、引き継がれ、今回、ケイコ・トーマスの莫大な遺産が、彼女が、愛していた日本人たちに、贈られようとしている。

新聞に、遺産の受取人は、すぐに、連絡せよという広告が、載っている。今後、何人の、日本人が、その、莫大な遺産の受取人として名乗りをあげるか、大いに、楽しみである。

これこそ、日本とアメリカの間の真の親善に、役立つだろう〉

この記事にも、相続の権利を持つ日本人が、何人いるのかは、書かれていなかったし、来日して、遺産の相続人からの連絡を待っている、K・サユリ弁護士のことも、書かれていなかった。

たぶん、あの、女性弁護士が、自分の名前を書くなと、横浜の新聞社に釘を刺したのだろう。

横浜に残り、神奈川県警の、捜査本部につめている西本刑事に、十津川と亀井が、会いにきた。

十津川は、西本刑事を見るなり、

「新藤ゆかりの消息は、まだ、摑めないのか？」

「わかりません。県警も、まだ摑めていませんね」

「うちの三上刑事部長は、事件の進展がないので、いらいらしている」

「そうですか」

「なぜ、犯人が、連絡してこないのか。それで、三上刑事部長は、この誘拐は、狂言ではないかとも、いっている。狂言でなければ、もっと早く、犯人が連絡してくるはずだというんだ。神奈川県警は、この点をどう見ているんだ？」

「篠塚美奈を消そうとして、犯人はマンションで、彼女を、狙撃しましたが、失敗に終わりました。そこで、何とかしようと思って、篠塚美奈の親友の、新藤ゆかりを誘拐した。ところが、現在、篠塚美奈は、ホテルに入り、がっちりと護衛が、ついてしまっています。犯人にしてみれば、せっかく、彼女の親友を誘拐したのに、美奈に連絡を取り、彼女を動かす方法が見つかりません。それで、犯人は、連絡してこないのだと、神奈川県警は、見ていますね」

「それなら、新藤ゆかりは、当分、安全だな」

「そうだと、いいんですが」

と、西本は、いったあと、

「北条刑事のほうは、どうなりましたか？　遺産相続人の名簿は、手に入りましたか？」

「いや、まだだ。事件の捜査が、一向に進展しないので、今いったように、三上刑事部長も、焦っているし、神奈川県警だって、焦っているだろう。北条刑事には、できれば、二、三日中に、相続人名簿を、手に入れろと、はっぱをかけているよ」

と、十津川が、いった。

北条刑事から、十津川に、連絡があったのは、その日の夜、十津川と亀井が、神奈川県警の捜査本部で、川口警部と打ち合わせをしている時だった。

「うまくいったか？」

十津川が、きくと、北条刑事は、あっさりと、

「失敗しました。それどころか、馘になりました」

と、いう。

電話の向こうで、苦笑している感じの声だった。

「馘になるなんて、君らしくないじゃないか。どうしたんだ？」

「あの女性弁護士は、私が問題の名簿を見つけるために雇われたと、最初からわかっていたようです」

「しかし、いきなり、馘にするというのはおかしいじゃないか」

「実は、子供っぽい罠に、はまって、しまったんです」

「どうしたんだ?」

「今日、ホテルの彼女の部屋で、私が仕事の打ち合わせをしているとき、彼女に、二時間ほど、外出してくるといわれたんです。私は、その隙に、遺産相続人の、名簿を捜し出そうと考えました」

「そうか、それで?」

「彼女が、二時間、外出するというのは、嘘だったんですよ。私は、子供っぽい罠に、引っかかってしまいました。部屋のなかを捜していると、突然、K・サユリが、帰ってきて、何を探しているのと、いわれてしまいました」

「彼女、怒っていただろう?」

「いいえ」

「じゃあ、笑った?」

「そうです。笑いながら、こういわれました。あなたが、何を、探しているのか、しっている。でも、そんなものを、私は、持っていない。残念ね。そういわれて、しまったんです。こうなると、馘といわれる前に、こちらから、やめざるを得ません。私がやめさせていただきますといったら、彼女に、こうも、いわれました。あなたの上司の人にいいなさい。いくら探しても、みんなが、ほしがっているようなものは、持っていない。本当だから。上司に、そういいなさいと」

「遺産の受取人の、名簿を持っていないというのは、考えられないんだがね。君は、どう思っている？」

十津川が、早苗に、きいた。

「私も、絶対に、持っているだろうと思います。私は今日、十五、六分ですが、K・サユリが泊まっている、部屋を調べたのです。でも、見つかりませんでした」

「大事なものだから、彼女が、持ち歩いているんじゃないかね？」

「その可能性も、あります。しかし、あの女性弁護士の話をきいていると、本当に、名簿なんて、ないんじゃないか？　そんなふうに、思えてきたのも、事実なんです」

と、早苗が、いった。

3

北条早苗刑事の失敗は、神奈川県警にとっても、誤算だった。ショックでもあった。

捜査本部長も、落胆していたし、実際の捜査に当たる川口警部は、十津川に向かって、

「頼りにしていた糸が、一本、切れてしまった感じです」

と、いった。

問題は、来日しているK・サユリ弁護士が、遺産相続人の名簿を、果たして持っているのか、それとも、持っていないのかということになった。

「私は、絶対に、持っていると思いますね」

と、川口警部が、いった。

それに対して、十津川は、

「その点は、同感です。ただ、不思議なのは、女性弁護士が、まだ、権利を持つ人間に、連絡を取っていないということです。なぜ、ただ待っているのか、それ

が、不思議で、仕方がないのですよ」

「そうですね」

と、川口警部が、うなずく。

「弁護士は、二回目の新聞広告を、出しましたが、一回目の新聞広告と同じように、連絡方法も、書いていません。二回目は、連絡先として『帝国ホテル』を記していますが、普通なら、もっと親切なはずです。それでも、K・サユリ弁護士は、権利を持つ日本人は、自分に連絡してくると、確信しているんですね。なぜ、彼女に、そんな確信が持てるのかがわからないのです」

十津川は、次に、西本に目をやって、

「君の知り合いの篠塚美奈さんだが、彼女のこともあるから、君は、もっと大きな疑問を感じるんじゃないか?」

「私がというより、篠塚美奈のほうが、もっと強い疑問を感じているのではないでしょうか? 時々、彼女に会って、遺産のことを、話すのですが、彼女も不思議がっています。彼女は、拳銃で狙われましたし、彼女の偽者が殺されました。犯人は、明らかに、篠塚美奈が、ケイコ・トーマスの、遺産の相続人のひとりであることを、しっているんです。それなのに、当の本人は、何もしらないといっているんです。自分が、ケイコ・トーマスの、遺産の相続人だと、思ったこともないし、相続人だということを証明するようなものも、何一つ、持っていないと、いっているんです。今まで横浜にいながら、ケイコ・トーマスという人物のことも、しらなかったともいっているんです」

「これは、じっくりと、考える必要がありますね」

十津川が、じっと考えこんだ。

「十津川さんは、いったい、何を考える必要があると、思って、おられるんですか？」

県警の川口警部が、きいた。

4

「今回の一連の事件を、もう一度、根本に、立ち戻って考える必要があると、思うのです」

十津川は、川口警部、亀井、そして、西本の顔を見た。

「根本というのは、どういうことですか？」

「つまり、戦前にまで、さかのぼって、考え直してみようということです」

「戦前ですか？　どこまで、さかのぼるんですか？」

川口は、咎めるような目で、十津川を見た。十津川が答える。

「ジョン・トーマスという人が、戦前、横浜に、トーマス商会というのを作りました。今回の事件は、そこから、始まっていると思うのです。その後、狩野恵子という日本人の秘書がつき、彼女に惚れて、二人は、結婚しました。商売はうまく、いっていました。その頃、トーマス夫妻は、日米間の、橋渡しをしようと考えていた。ところが、当時は、日本と中国との間に摩擦があり、日米間がぎくしゃくしていたのです。昭和十二年には、日本と中国の間で、戦争が始まってしまい、中国に同情するアメリカ政府が、日本に向かって、盛んに、戦争をやめろ、中国から、撤兵しろと要求して、日米間の関係が、怪しくなってきていました。昭和十二年の、八月一日に、横浜で、トーマス夫妻の乗った自動車に、爆弾が仕かけられて、それが、爆発し、ケイコ・トーマスは死亡、夫のジョン・トーマスは、負傷して、病院に入院しました」

「そのとおりです」

「一カ月後に、ジョン・トーマスは、退院し、妻ケイコの墓を横浜の外国人墓地に作ったあと、昭和十二年十月末、アメリカに、帰国しています」

「それは、私も、しっています」

西本が、うなずく。

「ケイコ・トーマスは、この爆破事件で死亡していますが、彼女は、即死だったんでしょうか？」

十津川が、いうと、県警の川口警部は、えっという顔になって、

「それが、大事なことなんですか？」

「私は、ケイコ・トーマスは、即死ではなかったと、考えているのです」

「どうしてですか？」

「資料を、いろいろと調べてみても、この爆破の時、ケイコ・トーマスが、即死だったかどうかの記載は、ありません。とにかく、反米的な日本人が、夫妻の車に、爆弾を仕かけ、爆発させた。そして、夫人のケイコ・トーマスは死亡し、重傷を負ったジョン・トーマスは入院した。そう、書いてあるだけです。それで、なおさら、私は、彼女が即死だったのか、それとも、何分か、あるいは、何時間か、生きていたのか、それが、しりたくなったのです」

「ですから、どうして、十津川さんは、そんなことを、しりたいのか、理由を教

えてもらえませんか？　今回の事件と関係があるのですか？」

「私は、こんなふうに、考えたのです。狂信的で、反米的な日本人のせいで、愛する妻のケイコが、死んでしまった。生き残った夫のジョン・トーマスは、おそらく、怒り心頭に発したのではないでしょうか？　彼はアメリカに帰る前に、外国人墓地に、立派な妻の墓を作っている。そのあと、日本を立ち去ったのです。怒り心頭なのに、どうしてそんな行為ができたのでしょうか？」

十津川が、どうして、そんな、話をするのか？　その意図が、わからなくて、川口警部は、いらついていた。

「十津川さんは、いったい、何を考えているんですか？」

「普通なら、妻を殺されたんですから、日本に、妻の立派な墓を残そうなどとは、思いませんよ。黙ってさっさと、アメリカに、帰ってしまうでしょう。それなのに、あんなに、立派なお墓を作ったんです。ということは、妻のケイコは、即死ではなくて、何時間か、あるいは、何分か、生きていたのではないかと、思うのですよ。その時に、ケイコは、夫のジョン・トーマスに、遺書とは別に、遺言をしたのではないでしょうか？　自分は、死んでしまうが、日本を、愛しているし、アメリカと日本が、仲よくなってくれることを願っている。この事故によって、私は、そのことを、かえって強く感じた。そんな言葉を遺して、彼女は、死んだんじゃないでしょうか？　それで、怒り心頭に発していた、夫のジョン・トーマスも、妻の遺言にしたがって、気持ちを変え、これからも日本とアメリカの架け橋になろう。そう考えて、外国人墓地のなかに、亡くなった妻ケイコの、あの大きなお墓を作ったあと、アメリカに帰っていったんじゃないかと、そんなふうに、考えてみたんです」

「警部のいわれることは、よくわかります。私も、外国人墓地に、あの大きなケイコ・トーマスのお墓がある理由が、わかりました」

と、西本は、いったあと、

「しかし、そんな、七十年以上も前のことが、今回の殺人事件、あるいは、誘拐事件と、どう繋がるのか、その点がどうにも、理解できません」

「私も、西本刑事に同感ですよ。今の十津川さんの話で、外国人墓地の、大きなケイコ・トーマスのお墓のことは、納得できましたが、それは、戦前のことでしょう？　それがどう、現在の事件と、繋がってくるのか、それを説明していただけませんか？」

と、川口警部が、いった。

5

「これから、その説明を、します」

十津川が、いった。

「妻が殺されて、夫のジョン・トーマスは、日本人に対して、怒りを、爆発させようとしました。当然の、感情ですよね。ところが、死に際に、妻のケイコは、どんなことがあっても、あくまでも私は、日本を愛している。あなたも、この件について、腹を立てず、いつまでも、日本を愛してください。そんな遺言をしたのではないかと、私は、思うのです。そうしたことがあったので、ジョン・トーマスは、外国人墓地に、あんな大きな、妻の墓を建てたあと、日本を去っていったと思いますね。ところで、当時、横浜にあったトーマス商会は、成功していたわけです。経営状態もよかったし、何人もの日本人を、使っていました。また、ジョン・トーマスは、仕事以外でも、何人かの日本人と、つき合いがあったようにきいています。もともと親日派なんです。当時のトーマス商会の経営状態を、ここにきて、考える必要があるのではないかと、思うようになりました。当時の世界情勢を考えると、日本を離れる時、会社を解散し、すべての財産を、売り払って、アメリカに帰ったのではないかと考えるのが、自然ですが、今いったような理由で、社長のジョン・トーマスは、そういう、行動を取らなかったのではないかと、私は考えるのです。日本を愛していた妻のために、あんなに大きなお墓を外国人墓地に作ったくらいの人間ですから、それまでに、儲かっていたトーマス商会の財産、特に株を妻ケイコの親族にわけて、アメリカに帰ったのではないでしょうか？　日本人は、戦争で、もし負けたら、日本という国がなくなってしまうような、気持ちでいましたが、アメリカ人は、そういう考えは持っていません。戦争は、いつか終わる。そうなればまた、仲よくして、商売をすればいい。こんなふうに、考えるわけでしょう？　昭和十二年の十月に、日本から、去るにあたって、こういったと思うのです。戦争が終わったら、また、横浜で、トーマス商会を再開したい。その時には、また参加してほしい。この株は、大事にして、トーマス商会が再開した時に生かしてくれ。そんなふうにいったのではありませんかね。戦後、日本に戻ってくることは、叶《かな》わなかったのですが……」

十津川の言葉に、県警の川口警部は、表情を、和《やわ》らげていった。

十津川が、何を考え、何をいいたいのかが、少しずつだが、わかってきたからである。

西本刑事も、同じだった。

「そうですよ。株です。トーマス商会の株ですよ」

急に、川口警部が、大きな声を、出した。

十津川が、笑顔で、うなずく。

「そうですよ。私が考えているのも、昭和十二年当時のトーマス商会の株のことです。日本を去るにあたって、ジョン・トーマス社長は、トーマス商会の株を、妻ケイコの親族に、分配したのではないでしょうか？　そして、たぶん、こういったんです。不幸な時代は、いつか、終わる。そうなったら、私はまた、この横浜にきて、トーマス商会の仕事を始めたい。その時には、その株を、私が喜んで、買わせていただく。ケイコの財産を遺贈する形で。そういい残して、アメリカに帰っていったんじゃないでしょうか？」

十津川が、いうと、西本が、

「しかし、その株をもらった当時の日本人が、果たして、ありがたいと、思ったでしょうか？　その後、日本とアメリカの関係は、どんどん悪くなっていって、最後には、戦争に突入してしまいます。当時の日本人の気持ちを考えると、アメリカは、敵国で、何しろ、鬼畜米英《きちくべいえい》ですからね。そんな株を、持っていたら、警察から、非国民と見なされ、捕まってしまいます。多くの人が、その株を捨ててしまったのでは、ないでしょうか？」

異議を口にした。

十津川は、一応、うなずいて、

「今、西本刑事がいったように、アメリカ人からもらった株を、後生大事に、持っていることがわかれば、非国民扱いされるから捨ててしまう人も、いたかもしれません。しかし、逆に、後生大事に、持っていて、戦後を迎えた人も、いるかもしれません。そのあたりの事情は、さまざまだと、思うのですよ。今や、戦後、六十年以上が経っています。もし、トーマス商会の株を大事に持っていた日本人がいるとしたら、どうなのか？　亡くなったケイコの遺志を継いで、日本人に、遺産をわけようと考えている孫のマイク・トーマス氏は、昭和十二年に渡した株を、持っている日本人がいたら、その株と交換に、遺産を渡そうと考えているんじゃないでしょうか？　つまり、誠意の交換ですよ。祖父ジョン・トーマスの言葉を信じて、トーマス商会の株を持っていてくれた日本人の誠意と、亡くなった祖母の遺志によって、その莫大な遺産を、日本人に渡そうとする誠意との交換です。そのため、K・サユリ弁護士のほうから、いちいち、連絡は取らないのですよ。その株券を、持ってくれれば、それと交換に、莫大な遺産の一部を、渡そうと考えているのです。私は、そう考えたのですが、これは、私の勝手な想像ですから、間違っているかもしれません。しかし、そう考えると、K・サユリ弁護士から、連絡を、あえて、取ろうとしないことに、納得がいくのです」

「いや、十津川さんの考えは、当たっていると、思いますよ」

川口警部が、いった。

「私の考えが当たっているとすればですが、それを、証明するには、どうしたらいいのか？　それがわからんのですよ」

十津川は、正直に、いった。

「それなら、来日しているトーマス商会のK・サユリ弁護士に、会って、単刀直入に、きいてみたらどうでしょう？　十津川さんの考えが当たっていれば、K・サユリ弁護士も、そのとおりだと、あっさり、認めるんじゃありませんか？」

と、川口警部が、いった。

確かに、それが、一番、手っ取り早いだろう。

翌日、十津川は、川口警部と〈帝国ホテル〉に、K・サユリ弁護士を、訪ねていった。

6

ホテルのロビーで、彼女に会うとすぐ、十津川は、頭をさげた。

「まず、あなたに、お詫びをしなければなりません」

「何のことでしょう？」

と、笑顔を見せて、K・サユリが、いう。

「うちの女性刑事を、あなたの秘書として、推薦したことです。最初から、目的が、わかっていらっしゃったみたいですね？」

「私も弁護士ですから、日本の警察も、アメリカの警察と同じようなことをするものだと、思いました。だから、別に、腹も立てていませんよ」

と、K・サユリが、いった。

「まさか、その件で、わざわざ、私に、詫びをいうために、いらっしゃったわけじゃないでしょうね？」

と、笑いながら、K・サユリ弁護士が、いった。

「それもありますが、あなたに、おききしたいこともあるのです。例の遺産相続人の件です」

「困りましたね。何度もいいますが、名簿など、持っていませんよ」

と、K・サユリが、いった。

「私は、こちらの、川口警部と、今回の事件について、いろいろと考えてみたのです。一番悩んだのは、あなたが、名簿は持っていない、そんなものは、存在しない、ただ、遺産相続する、資格のある人がいれば、申し出てほしいと、いわれたことです。それに、あなたは、新聞にも、広告を出しましたね？　相続人の資格のある者は、連絡されたしという、あの、広告ですよ。あなたのほうから、何の連絡をしなくても、権利のある日本人は、自分から、申し出てくる。そうとしか考えられない。これは、どういうことなんだろうかと、考えたのです。その結果、私と、川口警部は、一つの結論に達したのです。それをこれから申しあげるので、当たっていたら、うなずいてください」

「喜んでおききしますわ」

K・サユリが、微笑した。

十津川は、川口警部と、話し合ったストーリーを、そのまま、K・サユリ弁護士にぶつけた。

「戦前に株券をもらった日本人は、たぶん、二つにわかれると思うのです。いつかまた、アメリカと仲よくなって、この株が、生きることがあるだろう。そう考えて、大事に、持っていた人たちと、逆に、敵国アメリカ人にもらったものなど、汚らわしいと思って、捨ててしまった人たちです。昭和十二年当時の株を大切に持っていた日本人には、ケイコ・トーマスの遺産を、分配する。また、事情をしっている人たちは、あの、短い新聞広告だけで、すぐに、わかってくれて、連絡をしてくるだろう。あなたは、そう考えているのでは、ありませんか？　違いますか？」

Ｋ・サユリが、微笑した。

「なかなか面白いお考えですけど、私には、何とも、いえませんわ」

「どこか、間違っていますか？」

「間違っているとは、申しあげません。でも、当たっているとも、申しあげられないのですよ。その理由は、おわかりになると、思いますけど」

「よけいな混乱を、起こしたくないということは、よく、わかりますが、あなたもご存じのように、今回の莫大な遺産をめぐって、すでに二人の人間が、死んでいるんです。いや、殺されているのです」

「そのことと、ケイコ・トーマスの遺産とは、関係がないと、思いますけどね。殺人事件は、あなた方、警察が解決すればいいことで、私が、トーマス商会から依頼されたのは、ケイコ・トーマスの遺産を、権利のある日本人に、渡すことですから」

K・サユリが、いう。

「あなたは、ずっと、トーマス商会で働いているのですか？」

今度は、十津川が、きいた。

「いえ、去年から、トーマス商会の依頼で働いています」

「そうすると、戦前のことは、何もしりませんね？」

「そんなことは、ありませんわ。私は、今回の依頼を受けるにあたって、すべてを、お話ししていただきたいと、申しあげて、戦前の、横浜でのトーマス商会のことから、爆破事件で、ケイコ・トーマスが亡くなったことなどを全部、きいています。そうでなければ、こういう、面倒な依頼は、受けません」

「昭和十二年の八月一日に横浜で、トーマス夫妻が乗っていた車が爆破されて、ケイコ・トーマスは死に、夫のジョン・トーマスは、負傷して入院した。その事件ですが、私は、ケイコ・トーマスは、即死ではなかった。ある時間、生きていて、夫のジョン・トーマスに、ある遺言をしたと、考えているのです。こんなことになっても私は、日本と日本人が好きだ。日本に、私の、お墓を作ってほしい。あなたも、日本を愛してほしい。そういい残して死んだのではないかと、私は、勝手に考えているのですが、この件は、おききに、なりましたか？」

十津川が、きくと、K・サユリ弁護士は、うなずいて、

「そのお話も、伺いましたよ。爆破のあと、ご夫妻は、病院に、運ばれました。その時にはまだ、ケイコさんには、意識があって、夫のジョン・トーマスさんに、今、十津川さんが、いわれたようなことを、いい遺したと、おききしました。それで、夫のジョン・トーマスは、外国人墓地に妻のための大きなお墓を、作ってから、アメリカに帰った。確かに、そういう話は、おききしています」

「それなら、私たちが考えた、株のことも当たっているんじゃありませんか？」

「何回も、申しあげますが、私は、当たっているとも、当たっていないとも、申しあげられないのです。理由は、刑事さんには、おわかりになるはずだと、思いますけど」

K・サユリが、いった。

今度は、少し考えてから、

「わかりました」

と、十津川は、いった。

もし、株の話が広まってしまうと、莫大な遺産を狙って、いろいろな人間が、動き回る恐れがある。昔の株券を、偽造しようとする人間だって、現れるかもしれない。

それだけでなく、自分の親、あるいは、祖父母が株を持っていたが、火事の時、あるいは、戦争中の爆撃で、家が焼けて、その株券を、失ってしまった。そんな話を、持ちこんでくる人間だって、出てくるだろう。

そうしたいざこざを、恐れて、弁護士のK・サユリは、株の話は、当たっているとも、当たっていないとも、いうことができないといっているに違いなかった。

第五章　弁護士の使命

1

十津川は、部下の刑事たちを集め、これまでの捜査結果を、一緒に検討し直すことにした。

東京と横浜で、一件ずつ、殺人事件があったあと、ほかに、鎌倉では、女性がひとり、誘拐、監禁されている。

さらに、西本の友だちの篠塚美奈が、狙撃を受けている。鑑識の調べの結果、銃は、中国製トカレフで、密輸されたものと判明している。

事件解決のため、現在、警視庁と神奈川県警が合同捜査をしている。

殺人も誘拐も、その原因はすべて、ケイコ・トーマスの、遺産であることは、わかっている。

新たに、篠塚美奈が、ケイコ・トーマス、旧姓狩野恵子の、従兄弟の孫であることが、わかった。

ケイコ・トーマスの、遺産相続人、正確にいえば、遺産をもらう権利のある者のリストがあれば、すべての事件が、解決に向かうかもしれない。

しかし、日本にきている弁護士、K・サユリは、そんなリストはないという。リストがあると、わかっていれば、捜査令状を取って、強制的に、提出させるのだが、K・サユリは、あくまでも、リストはないと、主張するし、こちらが、あるというのは、あくまでも推測である。

「君の友人の、篠塚美奈だが」

十津川が、西本に、いった。

「彼女の家には、昭和十二年当時の、トーマス商会の株券は、本当にないのか？」

「その点は、しつこく、何回も確認してみたのですが、そんなものは、見たことがない。実家にもないと、いっていますし、彼女は、念のため、もう一度、探してみたが、やはり、見つからなかったといっています」

「今回の、ケイコ・トーマスの遺産騒動は、昭和十二年頃、トーマス商会の株を、分配されたケイコの親族たちが、そのまま持っていれば、大変な金額の、遺産が、もらえることになった。これは、間違いないことだろうと、思っている。また、篠塚美奈が、命を狙われたり、彼女の偽者が、現れたりしているのは、彼女が、遺産相続人のひとりだからだ。当然、彼女は、株券を、持っているはずなんだよ。それでも、見つからないのか？」

「そうなんです。彼女は、そんなものは、一度も見たことがないといっています」

「もうひとり、東京で殺された、狩野仁という男がいる。この男については、K・サユリも、遺産相続人のひとりだと、認めている。ところが、狩野仁の、自宅マンションを、いくら調べても、トーマス商会の株券は、見つからなかった」

「狩野仁の場合は、犯人が、自宅マンションにいき、株券を、奪い取っていったのでは、ないでしょうか？」

と、亀井が、いった。

狩野仁は、新橋のホテルで、殺されていた。彼は独身で、自宅は、横浜市緑区内の、マンションである。

「狩野仁は、間違いなく、誰かに会うために、新橋のホテルに、いったんだ。その時、狩野仁は、トーマス商会の株券を、持っていったのかもしれない。そうだとすると、犯人は、狩野仁を殺したあと、その株券を奪って、逃げたんだろう。どうして、狩野仁は、古い株券を持って、新橋のホテルに、いったのだろうか？」

十津川が、刑事たちの顔を、見回した。

西本が、答えた。

「その時は、まだ、狩野仁には、株券が、どのくらいの、価値があるのか、わからなかったんじゃないでしょうか？　犯人に、その株券を、高く買ってあげるから、持ってこいといわれて、狩野仁は、株券を持って、喜んで新橋のホテルに会いにいったのではないでしょうか？　犯人のほうは、その株券が、どれほど、価値があるかをしっていて、狩野仁を殺して、株券を奪ったのではないでしょうか？」

「その考えには、私も賛成だ」

亀井が、すぐ、いった。

「犯人は、いったい、どんな人間なのか？　新橋のホテルで、狩野仁を殺した犯人と、横浜の外国人墓地で、篠塚美奈の偽者を殺害した犯人とは、同一人物なのか？　もう一つ、篠塚美奈を狙撃し、友人を誘拐した犯人も、同じ人間なのか？

これについて、意見のある者はいるか？」

十津川が、きいた。

刑事たちの答えでは、同一犯人とする声が、圧倒的に、多かった。

日下刑事がいう。

「この犯人は、以前から、株券の価値をしっていて、それを、集めようとしていたのだと思います。狩野仁が、株券を持っているとしって、新橋のホテルに、呼び出し、株券を買い取るふりをして、彼を殺して、株券を、奪い取ったのです。次に、犯人は、西本刑事の友人で、もうひとりの、株券の所有者である篠塚美奈を、狙いましたが、間違えて、彼女の偽者のほうを、殺してしまった。あるいは、仲間割れだったのかも、しれません。いずれにしろ、犯人は、あくまでも、篠塚美奈を殺して、彼女から、株券を奪おうと思い、彼女を狙いましたが、うまく、いかないので、彼女の友人を襲って、誘拐したのでは、ないでしょうか？」

「犯人が、いったい、どんな人間なのか、想像がつくかね？」

十津川が、日下に、きいた。

「少なくとも、この犯人は、株券のことをよくしっていて、それが、金になるとわかっている人間です」

「問題は、犯人が、どうして、トーマス商会の古い株券が、遺産相続の切り札になるとしっていたのかと、いうことだ。もう一つ、どうして、狩野仁と、篠塚美奈の二人が、遺産相続の権利を、持っているとしっていたのか？　そこが問題だよ」

「犯人自身も、トーマス商会の株券を持っていたので、その価値を、しっていたのではないでしょうか？」

と、いったのは、三田村だった。

「同感だ」

十津川が、うなずいた。

「犯人は、狩野仁と篠塚美奈が、遺産相続人で、株券を持っていると、どうしてしったかということだよ」

「確かに、それが、問題です」

と、亀井が、いった。

「狩野仁の場合は、おそらく、本人が、株券のことを喋り回ってたんじゃないかね。戦前のトーマス商会の株券を持っていると、あちこちで、喋っていたと思うね。しかし、篠塚美奈のほうは、事情が違う。西本の話では、彼女自身、自分が、ケイコ・トーマスの遺産相続人だとは、夢にも、思っていなかったし、実家を、いくら探しても、問題の株券は、見つからなかったといっている。その疑問を、どう考えるのか？」

十津川は、また、刑事たちの顔を見回した。

すぐに、返事がはね返っては、こなかった。

五、六分の時間を置いたあとで、やっと、女性刑事の北条早苗が、自分の考えを口にした。

「ひょっとすると、犯人は、K・サユリ弁護士の、近くにいた人間ではないでしょうか？　K・サユリ弁護士が、アメリカにいた頃から、そばにいて、彼女がトーマス商会から、問題の、遺産相続に関しての依頼を、受けるのを、しっていたのです。それで、彼女より先に、日本にきて、まず、狩野仁を、見つけ出して、株券を奪ってから、次に、もうひとりの、篠塚美奈を探して、株券を取りあげようとした。こう考えれば、少しは、辻褄が、合ってくるのではないでしょうか？」

「君は、仕事を、手伝うという口実で、K・サユリ弁護士のところで、数日、一緒にいたんだったな？」

亀井刑事が、きいた。

「はい。そうですが、見透かされていて、失敗しました」

「それでも、何か、気がついたことがあるんじゃないのか？　確かに、君は、失敗してしまったが、少なくとも、何日間かは、あの女性弁護士と一緒にいたんだからね」

「ただ、一緒にいただけかもしれません」

「さっき、君は、Ｋ・サユリの近くにいた人間が、今回の事件の犯人ではないか と、そういったね？」

今度は、十津川が、きいた。

「はい」

「君のなかに、そういう想像が、生まれたということは、あの女性弁護士にも、どこかに隙があるということじゃないのか？　今度の事件の犯人が、そこから何かを摑んで、殺人に走ったとは、考えられないかな？」

「今、それを考えているんですが、すっきりした答えが見つかりません」

と、北条早苗が、いった。

「慌てることはない。ゆっくり考えなさい」

十津川は、答えを強要はしなかった。

十津川は、次の問題に移っていった。

「二つの殺人事件について、一刻も早く、犯人を、見つけ出すことは、大事なことだが、それ以上に、緊急の問題は、犯人に、誘拐された女性のことだ。名前は、新藤ゆかり。犯人は、誘拐した人質を使って、篠塚美奈を、おびき出そうと考えている。西本刑事の意見をききたい。篠塚美奈のほうは、今、ホテルに匿《かくま》われていて、刑事二人が、警護しているんだったな?」

「はい。犯人が、電話をしてきても、篠塚美奈を、絶対に、電話に出さないようにしています。電話に出せば、親友が、誘拐されているので、犯人のいうとおりになってしまう恐れが、ありますから。ただ、犯人は、篠塚美奈から、問題の株券を、奪い取るまでは、人質の新藤ゆかりを、殺さないだろうと、思ってはいますが」

西本が、いった。

「今のところは、それでいいと、私も思うが、犯人が、篠塚美奈の株券を、なかなか手に入れられずに、いらいらし始め、その苛立ちが、最高潮に達した時、どう対応したらいいかだな」

「その点ですが、あと、二十四時間くらいは大丈夫だろうと、思っています」

と、西本が、いう。

「二十四時間は、大丈夫だと、君が、考える理由は？」

「篠塚美奈は、現在、ホテルにいますが、彼女の携帯電話は、つねに、そばに置いてあります。時々、夜中に、その携帯が鳴ります。番号非通知ですし、明らかに、犯人です。彼女の話によれば、自分の友人や知り合いは、こちらの迷惑を考えて、夜中には、絶対に電話はかけてこないそうですから」

「それで？」

「犯人の苛立ちが高まってくれば、間を置かずに、何回も、かけてくると思うのです。今のところ、真夜中に鳴ると、次は、朝になってから、電話がかかるだけだそうです。まだ犯人の、心理状態は、切羽つまったものではないということだと思います。その間合いが、短くなってきたら、犯人の苛立ちが、高まっていることの証拠ですから、その時には、こちらも、何らかの行動を起こさざるを得ないと思っています」

「具体的に、どんな状況になったら、電話に、出るようにいってあるんだ？」

「彼女の携帯電話が鳴る間隔が、一時間以内になったら、電話に出てくれと、いってあります。その時には、私もホテルに、いくつもりです」

西本が、いった。

「電話の鳴る間隔が、一時間以内か。確かに、目安としては、それで、いいかもしれないな」

十津川も、うなずき、次の問題に移ろうとすると、それを待っていたように、北条早苗刑事が手を挙げて、十津川に、いった。

「私が、K・サユリ弁護士のそばにいるとき、彼女が、問題のリストらしいものを取り出したりしているのを、目撃したことは、一度もありません」

「K・サユリ弁護士の、一日の行動というのは、どんなものだったんだ？」

「彼女は、ほとんど外出せず、ホテルの部屋で、すごしていました。食事も、ルームサービスですませていました」

「電話は、どうなんだ？」

「彼女は時々、携帯電話を使って、誰かに連絡を取っていました。何時に電話がかかってきて、また、何時に、電話をかけるか、それをメモには、取れないので、全部、暗記しました」

「それを、いってみてくれ」

「午前九時に、ルームサービスで朝食。その食事中に電話。これは、外から、かかってきた電話です。午前十時、これは、K・サユリ弁護士のほうから、どこかに、電話をしていました。十二時ジャスト、昼食。これもルームサービスを利用しています。その昼食の時にも、電話が、かかってきていました。食事のあとで、一時間の昼寝」

「昼寝？」

「ええ、これは、K・サユリ弁護士の昔からの習慣で、昼食後、必ず一時間、寝ることにしているそうです。午後三時に電話。これは、彼女のほうから、どこかに、電話をかけていました。次は午後五時ですが、これは、外からかかってきた電話でした。そして、午後六時、夕食ですが、その前に、私は、帰っていいといわれました。ですから、その後、電話が、何本かかってきたのか、あるいは、何本かけていたのかは、わかりません。しかし、今いったように、午前九時から午後五時までは、何とか、暗記してきました。いつも英語でした。ちなみに私がいた時は、ホテルの彼女の部屋には、誰も訪ねてきていません」

早苗が、はっきりした口調でいった。

十津川は、自分の手帳に、早苗がいったとおりに、時刻などを、記入していった。

「あの弁護士は、朝の九時から、夕方の五時までの間に、五回、電話がかかってきたり、かけたりしている。これで、間違いないね？」

「はい、間違いありません」

「今、君のいうとおりに、メモしていて気がついたのだが、電話をかける時間も、かかってくる時間も、八時二十三分とか、十一時四十八分とかの半端なものはなくて、かかってくるのは九時、十二時、五時、かけるのは、十時、三時と、いずれも、きっかりとした時刻に、なっているということだ。半端な時刻に、電話がかかってきたり、かけたりしてはいないのか？」

「はい。今いったとおりの時刻に、電話をかけたり、かかってきたりしていました。十時十二分などというのではなくて、私がいた間は、九時、十時、十二時、三時、五時、というきっちりとした時刻の電話でした」

「たぶん、相手は、決まった人間だな」

「はい。決まった相手に、決まった時刻に電話をかけ、また、電話してくるように、いってあったのだと思います」

「電話の内容は、わからないか？」

「わかりません。電話をかけた時、あるいは、電話がかかってきた時に、K・サユリ弁護士は、話を始める前に、私に向かって、部屋から出ていくように命じていたんです。話の内容は、一度も、きいていないのです。ただ、五回のうち三回は、外から、かかってきたんですが、同じ相手からの、電話ではないかと思います」

「どうして、同じ相手からの、電話だと思うんだ？」

「彼女は、その時には、いつも必ず、はい、K・サユリですと、相手の名前を、確かめることなく、英語で、丁寧に、答えていましたから。相手は、彼女に、今回の仕事を、依頼した雇い主ではないかと、思います。話す時は、私を、部屋から追い出していました」

「君がいうように、たぶん、電話の相手は、彼女を雇った、トーマス商会の現在の社長マイク・トーマスだろう。そう見て、まず、間違いない。君がいった一日の、電話の回数五回、朝の九時から、夕方の五時までの間で、彼女のほうから二回、電話をかけ、そして、三回、外から電話がかかってきている。これが、毎日、繰り返されているとしたら、それを、どう考えたらいいと、思うね？」

「もし、問題のリストを、K・サユリ弁護士が、持っていたら、そのリストと照らし合わせて、遺産を支払えばいいわけです。そう考えると、一日に五回も、電話をしあわなくても、いいのではないかと、思います」

「そのとおりだ」

「そう考えると、K・サユリ弁護士は、彼女がいうように、本当に、問題のリストを持っていないのではないかと、思います。だからこそ、一日に五回も、おそらく、相手は、トーマス商会のマイク・トーマス社長でしょうが、彼と、電話をしあわなければならないのだと、思いますが」

「君は、こういうふうに、考えているわけだ。K・サユリ弁護士は、問題のリストを持っていない。遺産相続人が、株券を持っていると、連絡をしてきたら、名前とか、住所とかを、控えておいて、それを、アメリカにいる、トーマス商会のマイク・トーマス社長に報告をする。今度は逆に、社長のほうから、K・サユリ弁護士に、電話がかかってくる。社長が持っているであろう、遺産相続人のリストに照合した結果、その人間は、遺産相続の権利を持っているから、株券の枚数に応じて、金を払っていいという許可が、おりてくる。そして、実際の支払いが、おこなわれる。きっかりとした時間に、電話をかけたり、かかってきたりするのは、相手は東京にはいなくて、サンフランシスコにいるからだ。君は、こんなふうに、考えているわけだな?」

「はい、そう考えていますが、正直いって、私の、勝手な想像ですから、あまり自信はありません」

「いや、おそらく、君の今の推測は、当たっていると思うよ」

十津川が、うなずいたとき、亀井刑事が、

「警部、私は、別の考えを、持っていますが」

と、いった。

2

「カメさん、君の考えを、きかせてほしいね」

と、十津川が、いった。

「警部と、北条君とのやり取りをきいていますと、K・サユリという弁護士が、立派な弁護士で、サンフランシスコにいるトーマス商会のマイク・トーマス社長の指示に、したがって、忠実に動いていると、思っているようですが、意地悪く考えると、彼女には、別の面があるのかもしれませんよ」

と、亀井が、いう。

「カメさんは、あの女性弁護士が、悪人かもしれないというのか?」

「私も、K・サユリという、女性弁護士を、信用したいとは思います。しかし、彼女が、自分の雇い主である、トーマス商会の社長を、裏切っていることも、考えられないことではないと、思うのです。何しろ、大変な金額の遺産の分配を、彼女は、任されているわけですから」

「カメさんは、どんなふうに、想像を逞《たくま》しくしているんだ?」

「莫大な金額を任されているのですから、気持ちが揺らいでも、決して、おかしくはないと思うのです」

「それでは、一日に五回も、電話をかけたり、かかってきたりしているK・サユリ弁護士は、いったい何をしているとカメさんは、見ているのかね?」

「遺産相続人のリストは、彼女が持っていて、そのリストにしたがって、遺産を、相続する権利のある日本人に、支払ってくれと、トーマス商会の社長から頼まれて、K・サユリ弁護士は、東京にきているんだと思うのです。ですから、一日に二回も、連絡の電話をかける必要は、ないと思うのです。それに、時差の問題もあります。もし、トーマス商会の社長が、彼女に一任していなければ、ひとりは社の幹部が、日本にきているはずです。きていないということは、K・サユリ弁護士に、全権を任せている証拠だと、私は考えるのです。繰り返しますが、一日に五回も、電話をかけたり、かかってきたりするのは、全権を任せているにしては、おかしいのではないでしょうか？」

「しかし、北条刑事は、実際に、一日に五回も、電話がかかってきたり、かけたりしているのを見ているんだ」

「かかってくる時と、かける時の相手とは、違うのでは、ないでしょうか？　トーマス商会の社長からかかってくるが、彼女のほうから、かけるのは、トーマス商会ではなくて、二人で組んで金儲けを企む人間、つまり、二人の男女を殺し、新藤ゆかりを誘拐し、監禁している犯人ではないかと、思うのですが。英語で喋っていたのは、北条刑事がいたからで、いなくなれば、日本語にするんです」

「今のカメさんの推理を、君は、どう思うね？　短い期間だったが、K・サユリ弁護士の、そばにいたのだから、判断がつくんじゃないのかね？」

十津川は、北条早苗に、きいた。

「申しわけありませんが、私には、あのK・サユリという女性弁護士が、そんな、悪いことをしているようには、思えません。いかにも、アメリカ的な、クールで頭の切れる女性で、トーマス商会の社長の全面的な、信頼を受けて、日本にやってきたんだと思うのですが」

「君は、外から電話がかかってきた時に、それを受ける態度が丁寧で、K・サユリが、自分より上の人間に、答えているように見えたと、いったね？」

「はい」

「それで、トーマス商会の社長からだと思った。その見方は今も変わらないかね？」

「はい。あれは間違いなく、自分の上司、あるいは、雇い主に対する時の言葉遣いでした」

早苗が、きっぱりと、いった。

「今の北条刑事の意見を、カメさんは、どう思うね？」

十津川が、きくと、亀井は、

「それでも構わないのです」

と、いったあと、北条刑事に目をやって、

「君にききたいのだが、五回あった電話のうち、三回は、外からかかってきた電話だといったね？」

「はい」

「彼女の携帯にか?」

「そうです」

「君がいうように、電話の相手がサンフランシスコにいて、こちらが携帯電話を使うと、交信に少し時間がずれてしまう。その点は、覚えていないのか?」

「そういわれると、何度か、私がきいた、K・サユリ弁護士の電話での受け答えは、少しずつ、間が空《あ》いていたような気がします」

早苗が、いう。それを受けて亀井が、

「それなら、間違いなく、日本国内ではなくて、アメリカからの、電話だ。そのほうが、私の想像にも合っている。アメリカにいるトーマス商会の社長は、一日に三回、時間を決めて、K・サユリ弁護士に、電話をしてきた。現在の状況を、確認するためだよ。一日三回なら充分すぎる時間だ。とすれば、K・サユリ弁護士のほうから電話している時は、相手は、トーマス商会の社長とは、限らないことになる。私が想像するに、自分の共犯者に対して、電話をしていたんじゃないかと思うね」

「今の、カメさんの推理について、全員で考えてみようじゃないか」

と、十津川が、いった。

3

亀井が、自分の考えを整理して、話すことになった。

「K・サユリ弁護士は、トーマス商会から、全権を委任されて、日本にやってきました。ケイコ・トーマスの莫大な金額の遺産の分配を任されたK・サユリ弁護士は、それを引き受けて、東京にやってきたのです。もちろん、相続人の名前を書いたリストも、持っていますから、遺産相続人が現れれば、リストと、照らし合わせて、一致すれば、遺産を支払っていいと、いわれているはずです。ところが、その途方もない金額に、K・サユリ弁護士は、目がくらんでしまった。それに、遺産の相続の権利と証拠になる、当時のトーマス商会の株券を、現在も、持っている人が、何人いるのか、正確には、わかりません。古い話なので、すでに、捨ててしまった日本人もいることでしょう。そうなると、簡単に、リストどおりに、相続人が見つかり、遺産が支払われるかどうかも難しくなります」

「もし、現れなかった場合、対応は、どうなると思うね？」

「うまくやれば、払ったことにして、K・サユリ弁護士がその分の遺産をねこばばすることができます。それに、証拠の株券を持ってきた人間を、最終的に、殺してしまえば、一円もやる必要はない。だから、東京と横浜で、男女ひとりずつが殺されてしまったんです」

「そうすれば、自分たちの分け前が、大きくなるからね」

「そのとおりです。たぶん、相続できる金額が少ない場合には、K・サユリ弁護士は、その金額を、相手に支払っていたと思いますね。そうすれば、トーマス商会からの信頼が大きくなりますから。しかし、その金額が大きい場合は、K・サユリ弁護士のそばにいる犯人が、狩野仁のように殺して、彼が持ってきた株券を奪い取ってしまった。篠塚美奈の場合も、狩野と同じく、金額が大きかったのでしょう。そこで、彼女が、遺産を受け取りにくる前に、殺してしまおうとした。ところが、偽者のほうを殺してしまったのでは、ないでしょうか？」

「カメさんの想像が当たっていれば、犯人は、K・サユリの近くにいる。意外に早く、見つかる可能性がある。ただし、カメさんの想像が当たっているかどうか、まだわからない。だから、慎重に捜査を進めないと、新藤ゆかりという人質が、殺されてしまうことになる恐れがある。くれぐれも注意深く、捜査を進めてもらいたい」

十津川が、刑事たちを見回しながら、いった。

4

新しい捜査方針が決まり、十津川は、神奈川県警にも伝えて、賛成を得た。

そんなとき、トーマス商会の、広報担当者から、日本のマスコミを通じて、次のようなメッセージが、寄せられた。

〈わが社の前身は、大正の初め、横浜で設立し、成功した、当時のトーマス商会である。

その後、不幸な事件により、ジョン・トーマス社長は、帰米し、日米間で、戦争もあって、やむなく、日本から撤退したが、日本の美術工芸品を、できるだけ買い集めていった。

それは、横浜で事件に遭い、昭和十二年に亡くなった、ジョン・トーマス社長の妻、ケイコの遺志でもあった。

戦前と、戦後にかけ、ジョン・トーマス社長が、ケイコのために買った、日本の美術工芸品は、膨大な数になった。そのなかには、日本刀や浮世絵の版画、陶器、屏風絵などがあり、かなり貴重なものも含まれている。

今回、トーマス商会は、所蔵するなかの重要文化財級の美術工芸品を、日本の皆さんに見てもらいたいと考えて、急遽、三日後の三月二十八日の土曜日から、東京銀座《ぎんざ》のSデパートで『輝かしき日本美術工芸品』と題して、展示することになった。

当社では、一週間の、一般公開を終了したあとは、日本の、美術工芸品を扱っている協会に、すべて、寄贈したいと考えている。

ぜひ、この機会に、隠れた日本の美術工芸品を、鑑賞していただきたい〉

新聞発表のあった、翌日から、貨物便で、アメリカから、成田《なりた》空港に、次々と、トーマス商会所蔵の、日本の美術工芸品が送られてきて、銀座のSデパートのなかに、運びこまれていった。これは、売却しなかった美術品だという。

Sデパートの五階で、トーマス商会の、美術工芸品の展示会が、開催された。

公開される浮世絵の版画のなかには、すでに、日本ではなくなってしまっていたものもあって、浮世絵の研究家や収集家を、驚かせた。

十津川は、部下の刑事たちを連れて、銀座のSデパートに、出かけていった。

そこには、日本刀、版画、陶器、屏風絵などが、展示されていた。

しかし、十津川たちが、出かけていったのは、美術工芸品を鑑賞するためではなかった。

同行した亀井刑事や西本刑事、あるいは、北条早苗刑事も、十津川と同じ気持ちで、展示会を見にいくことになったのだ。

なぜ、この時期に、トーマス商会が、わざわざ、自分のほうから申し出て、日本の、美術工芸品を展示する気に、なったのか？

それがしりたくて、刑事たちは、Sデパートにやってきたのだった。

十津川たちが、Sデパートの、五階にあがっていくと、多くの人が集まっていた。

普通の、版画や浮世絵などの展示では、考えられないような人数の、見物客がつめかけている。ケイコ・トーマスの、例の遺産のことが、新聞やテレビで取りあげられるようになったので、関心のある日本人が、展示会に集まってきているのだろう。

十津川の目を引いたのは、日本刀や版画などが並べてある場所に、昭和十二年当時、横浜にあった、トーマス商会のビルの写真が飾ってあり、その横には、トーマス商会が発行した株券が飾ってあったことだった。

当時の、ジョン・トーマス社長と夫人のケイコ、二人の写真も、コーナーの端に掲げられていた。

「どういうつもりなんでしょうか？」

亀井が、十津川のそばにきて、小声で、ささやいた。

「何がだね？」

十津川も、小声で、きき返す。

「日本の美術工芸品が並べられているのと、その端に、昭和十二年当時の、横浜にあったトーマス商会の写真や、当時の、ケイコとジョン・トーマスの二人の写真が、飾ってあったりするのはいいのですが、株券が、掲げられてあるのは、どういうわけでしょうか？　その意図が、わかりません」

「善意に解釈すれば、展示品を、見にきた人たちにも、日本の美術工芸品を買い集めて、ここに、持ってきたトーマス商会が、どういう会社だったか、しってもらいたくて、写真や株券を飾ってあるんじゃないのかね」

十津川が、いった。

しかし、十津川たちが、見ていても、トーマス夫妻の写真や、株券などに、注意を払う人は、ほとんどいなかった。

ただ、大勢の見物客のなかには、トーマス商会の写真や株券を、じっと、見ている人間も、何人かいた。

十津川は、その何人かを、カメラに収めた。ひょっとすると、そのなかに、犯人が、いるかもしれなかったからである。

展示会は、一週間の予定と、あったが、その二日目に、現在のトーマス商会の、マイク・トーマス社長が、会場に、姿を現した。ケイコ・トーマスの、孫に当たる人物である。

十津川はひとりで、Sデパートに、出かけていき、マイク・トーマス社長に、会った。

十津川はそばにいた、通訳らしき日本人女性に警察手帳を見せ、通訳を頼み、

「少しばかり、お伺いしたいことがあるんですが」

と、切り出した。

マイク・トーマス社長は、びっくりした顔で、

「私のやっていることが、何か、法律に触れるのでしょうか？」

十津川は、微笑して、

「そんなことは、まったくありませんので、安心してください」

「それでは、東京の刑事さんが、私に、何を、おききになりたいのですか?」

「ケイコ・トーマスさんの、遺産のことなんです。トーマス商会では、今回、遺産を相続する権利のある人を、探し出して、莫大な遺産を、分配しようと、いうことのようですが、その話が、きこえてから、すでに、二人の人間が、殺されているのです。二人が殺された原因に、どうやら、今回のケイコ・トーマスさんの莫大な遺産が、絡んでいると、思われるのです。それで、トーマス社長に、おききしたいのですが、この展示会のためだけに、わざわざ、来日されたのですか?」

「それもありますが、現在『帝国ホテル』に泊まって、私のために、あるいは、祖母のケイコ・トーマスのために、その遺産を、日本人の相続人に配るという仕事を、やっているK・サユリ弁護士に会って、大変な作業だが、しっかり、お願いするといって、慰労して、帰ろうと思っているのです」

マイク・トーマス社長が、いった。

「では、それを、すませたら、お帰りになるのですか?」

「ええ、その予定です。これでも、いろいろと、忙しい身ですので」

と、マイク・トーマス社長が、笑った。

「もう一つ、社長に、おききしたいことがあるんですよ。これも遺産相続のことですが、相続人の名前を書いた一覧表というか、リストのようなものが、あるはずだと、思うのですが、社長が、持っていらっしゃるんですか？」

「そういう質問は困りますね。残念ながら、あるとも、ないとも、いえないんですよ」

「つまり、持っていらっしゃるということですね？」

「ですから、あるとも、ないとも、いえないのです。これで、勘弁して、いただきたい。そのほうが、ケイコ・トーマスの遺産を、相続する権利を持っている日本人に、無事に、渡されると思っていますから」

と、社長は、いった。

「K・サユリ弁護士は、今『帝国ホテル』に滞在していますが、彼女を、トーマス社長は、全面的に、信用していらっしゃいますか？」

「もちろんです。彼女は、アメリカでも、優秀な弁護士としてしられているし、日本人で、日本の弁護士資格も、持っているので、ケイコ・トーマスの遺産を渡す役目の人間としては、最適な存在だと考えて、今回の仕事を依頼したのです。

彼女なら、すべてうまくやってくれるはずだと思っています」

「さっき、展示を拝見したのですが、その隅に、昭和十二年当時、横浜にあった当時のトーマス商会のビルの写真と、ジョン・トーマス夫妻の写真が飾ってあったり、当時のトーマス商会の株券なども、展示してありました。ああしたものは、どういう意味があって、展示されたんでしょうか？」

「日本的な美意識からすると、ああいうものがないほうが、すっきりして、いいでしょうね。私も、そのことは、充分に理解していますが、トーマス商会といっても、しらない、日本人の方が、いっぱいいらっしゃる。いや、ほとんど、しらない方ばかりだといったほうが、いいでしょう。それで、トーマス商会や、ケイコ・トーマスについて、少しでもしっていただきたいと思って、昭和十二年当時のトーマス商会の写真や、トーマス商会の株券とか、祖父母の写真を飾らせていただいたんです。もし、日本の警察が、いけないというのであれば、ただちに、撤去しますが」

「いや、そんなことは、なさらないでください。別に、法律に触れるわけではありませんから」

十津川は、慌てて、いったあと、

「もう一つ、おききしたいのですが、社長は、アメリカにいらっしゃる時、毎日、K・サユリ弁護士に、電話を、かけていらっしゃいましたか？」

「ええ。かけて、いましたよ」

「何回ぐらい？」

「確か、一日に、三回でした。それも時間を決めてね。私としては、写真と話でしかしらない、祖母ケイコ・トーマスの遺産を、彼女が、愛していた日本人、今は交流もありませんが、私とも血の繋がった日本人の方に、間違いなく、無事に渡したい。そう思っているので、一日に三回電話をして、進捗状況を、K・サユリ弁護士に確認しているわけです。ただ、万事スムーズにいっているので、今後は、一日一回で充分だと考えています」

と、マイク・トーマス社長が、いった。

翌日、マイク・トーマス社長は〈帝国ホテル〉に、K・サユリ弁護士を訪ね、彼女を慰労したあと、短い記者会見を、おこなった。

それには、十津川と亀井が〈帝国ホテル〉にいき、傍聴した。

日本の美術工芸品を、戦前と、戦後に収集し、競売には出さなかった、さらに貴重なものを、デパートで展示したあと、日本に寄贈するというので、記者の質問も自然に好意的なものが多かった。

ただ、ひとりの記者が、

「昭和十二年に、狂信的な日本人のひとりから爆弾を仕かけられ、当時の、ジョン・トーマス社長が負傷し、ケイコ・トーマスさんは、亡くなってしまいました。そのことで、今でも、日本人に対して、怨念というか、恨みのようなものが、あるのではありませんか？」

と、きいた。

それに対して、マイク・トーマス社長は、首を横に振って、

「そのことは、否定しませんが、七十二年も前のことです。その間に、日本とアメリカとの間には、戦争があって、両国の多くの人が亡くなる、という不幸なこともありました。ケイコ・トーマスは、同じ日本人によって、命を落としたのにもかかわらず、最後の最後まで、日本と、日本人を、愛し続けました。その、ケイコの遺志を継いで、トーマス商会は、戦前も戦後も、日本から流出する貴重な美術工芸品を収集し続けていたのです。それを今回、展示し、寄贈できることを、喜んでいるのは、ほかならぬ、ケイコ・トーマス本人でしょう。もちろん、私もケイコの孫として、大変嬉しく思っております」

こちらも、優等生の答えをして、慌ただしく、日本を、飛び立っていった。

その直後に、西本刑事が、十津川に、

「篠塚美奈の携帯に、犯人からの、電話が一時間に二回、かかってきました」

と、しらせた。

「わかった。次の電話には、彼女に、出るようにいっておけ。君も、すぐいくんだ」

十津川が、いった。

西本刑事を、先に、ホテルにいかせたあと、十津川も亀井とホテルに、急行することにした。

そのホテルの三十階に、篠塚美奈が、匿われていた。入口には、二人の刑事が、警護している。

十津川と亀井が入っていくと、西本刑事と篠塚美奈が、二人を迎えた。

居間と寝室の、二間の部屋である。居間のテーブルの上には、彼女が、使っている携帯電話が、置かれている。

十津川と亀井が、部屋に入って、七、八分がすぎた時、その携帯電話が、大きな音で、鳴り出した。

篠塚美奈が、怯えた表情になる。

「落ち着いて」

と、西本が、いった。

美奈が、携帯電話を取りあげ、

「もしもし」

と、いう。

「篠塚美奈か？」

男の声が、きいた。

「そうですけど」

「どうして、今まで、電話に出なかったんだ？　友だちが、死んでもいいのか？」

「新藤さんが、いなくなってしまって、ショックで、ずっと、寝こんでいたんですよ。あなたは、どうして、新藤さんを、誘拐したんですか？」

気の強い美奈が、電話で、反撃した。

「お前が、逃げたからだ」

「私を、殺そうとしたじゃありませんか？」

「お前が逃げるからだ。お前が逃げれば、お前の友だちの、新藤ゆかりは、死ぬ。それでもいいのか?」

「そんなことは、しないでください。私にどうしろというんですか?」

美奈の声が、甲高くなった。

第六章　真偽の間

1

　十津川は、メモ用紙にマジックで、

〈新藤ゆかりを電話口に出させて〉

と書いて、それを、美奈に示した。

　美奈が、紙をちらっと見て、

「新藤さんを、電話口に出してください。彼女が生きているかどうかを、確かめたいの」

　と、犯人に向かって、いった。

「心配するな。彼女には、何もしていない。無事だ」

「駄目。あなたの言葉だけじゃ、信じられないわ。だから、彼女を、電話に出してよ。彼女の無事が、確認できなければ、電話を切るわよ」

美奈が、強気に出た。

一瞬、間があってから、

「わかった。今、彼女を出すから、ちょっと待ってろ」

と、男が、いった。

十津川は、今度はメモ用紙に、

〈新藤ゆかりとなるべく長く話して〉

と、書いて、美奈に、示した。

携帯電話を通して、美奈の耳に、きき覚えのある女の声が、飛びこんできた。

「私、ゆかりです。美奈さん？」

「そう、私。大丈夫？」

「ええ、大丈夫」

「ごめんなさいね。私のせいで、あなたを、大変な目に遭わせてしまって」

「そんなことないわ」

「でも、ずいぶん怖い目に遭ったんでしょう？」

「うん、平気よ」

「どんな目に遭ったの？　どんなことを、きかれたの？」

「逃げ出そうとして、一回捕まって殴られたけど、平気だったわ」

「ねえ、遺産のことを、きかれたんじゃないの？　今、大騒ぎになっている、ケイコ・トーマスの遺産のこと」

「ええ、きかれたけど、私は、そんなこと何もしらないから、平気。脅かされた時は、怖かったけど」

と、ゆかりが、いうと、

「おい、いつまで喋っているんだ？」

男の声が、割りこんできた。

「少しぐらい話させてよ。あなたは、私に用があるんでしょう？　新藤ゆかりさんに代わって私が、あなたのところにいくんだから。私のことを殺すつもりでしょう？　それなら、少しぐらい話をさせてくれたって、いいじゃないの？　駄目だというのなら、この電話を切るわよ」

美奈が、また強気に出ると、

「わかった。じゃあ、あと、一分だけだぞ、いいな」

男が、いった。

また、新藤ゆかりの声が、電話口に、戻ってきた。

「犯人は、何でも、あなたには、大金を手に入れる資格が、あるというようなことをいっていたみたいだけど、それって、本当の話なの？」

「ええ、本当の話らしいんだけど、詳しいことは、私にも、よくわからないのよ。変なお金なんて、私、ちっとも、ほしくないんだけど」

「そのほうがいいわ。変に、お金をほしがると、関係のない人間まで、こんな目に遭っちゃうから」

「ごめんなさいね。私の巻き添えで、あなたを、危険な目に遭わせてしまって。こんなことになるなんて、考えても、いなかったわ」

「いいわよ。私は、平気だから、美奈さん、気にしないで。犯人が憎らしいだけ」

「おい。一分経ったぞ。もういいだろう」

また、犯人が、割りこんできた。

「これから先、どうすればいいの？」

美奈が、きいた。

「とにかく、逆らわずに、こっちのいうとおりに動けばいいんだ。そうすれば、この女は、返してやる。彼女には、用がないし、何の興味もないからな。とにかく、俺のいうとおりにするんだ」

「わかったわ。それで、どうすればいいの？」

「いいか、明日の午後一時に、もう一度、電話する。必ず電話に出ろよ。もし、出なかったら、今度こそ、この女を、殺すからな」

「わかった。必ず出るわ」

「その時に、どうすれば、お前の友だちが助かるのかを、教えてやる」

と、いって、犯人は、電話を切った。

2

「これから私、どうすればいいんですか？」

蒼白い顔で、美奈が、きく。

十津川は、今の会話を録音したテープを、ポケットに入れながら、

「明日の午後一時に、電話すると、犯人は、いっていましたね？」

「ええ、そういっていました」

「それまでに、どう対応したらいいかを考えますから、安心していてください」

と、十津川が、いった。

このあと、十津川が、亀井を促して、出かけたのは、東京にある音響学の研究所だった。十津川は、電話の会話を録音したテープを渡し、専門家に、きいてもらおうと思ったのだ。

所長の大下《おおした》に、会い、

「電話の声をきけば、その人間の性格が、わかりますか？」

十津川が、きくと、

「それは、ちょっと難しいですね。声だけで性格まで、判断するという自信は、残念ながら、私にはありませんよ」

大下所長は、いう。

「それでは、声をきいて、本当に、怯えているのか、あるいは、本当に、怒っているのかどうかは、わかりますか？」

「ええ、それなら大丈夫です。わかると思いますよ」

と、大下が、いってくれた。

「それでは、このテープを、調べていただきたいのです」

十津川は、持参したテープを、大下に渡した。

「これは、どういう内容のテープなんですか？」

「これは、内密にしていただきたいのですが、若い女性を、ある目的で、誘拐しようとした男がいました。しかし、その女性が、逃げてしまったので、男は代りに、逃げた女性の友だちを、誘拐して、脅しをかけてきたのです。お前が逃げたら、友だちを殺すといって、脅かしたんですよ。これは、そういう会話が、録音されているテープです」

「なるほど、要するに、誘拐事件の、テープですね？」

「そうですが、少しばかり、複雑な誘拐事件なんですよ。それで、このテープで会話をしている二人の女性ですが、本当に怯えているのかどうか、怖がっているのかどうか、それを、大下さんに、判断して、ほしいのです」

「わかりました。取りあえず、やってみましょう」

大下は、テープを音声分析の機器にかけた。

スピーカーから、二人の女性の声が、流れ、モニター画面には、二人の声が、波長になって表れてくる。

大下は、それをききながら、波長をじっくりと見ていたが、ある部分にくると、拡大してみたり、何度も、繰り返したりして慎重に、振幅を見ている。

三十分ほど経った頃、大下は、十津川に向かって、

「これを、見る限りでは、片方の女性は、明らかに、不安がっていますし、本気で、怯えてもいますね」

と、いった。

「どっちの、女性ですか？」

「友だちのことを、心配している女性です」

「誘拐されている女性のほうは、どうですかね？」

十津川が、きくと、大下は、

「この女性は、面白いですね。大変興味のある女性だ」

「どこに、興味があるのですか？」

「この女性は、言葉では、怖いとか、逃げようとしたら犯人に、殴られたとかいっていますけどね、これを、ご覧になるとよくわかるように、声の振幅が、もうひとりの女性のように、大きく、ないんですよ」

「確かに、大下さんのいわれるとおりですね」

「もう一つ、この女性に、ついていえば、怖いとか、殴られたとかいった瞬間、声は、大きくなるんですよ。しかし、高くならないのがわかります」

「それは、どういうことを意味しているんですか？　声は、大きくなるが、高くはならないということが、どういうことなのか、よく理解できないのですが」

「そうですね、どう、説明したらいいのかな。例えば、俳優が、舞台で演じていて、観客にアピールしたい台詞になると、どうしても声が、大きくなりますよね。しかし、甲高くは、ならないんですよ。それと同じだと考えて、いただければいいんじゃないですかね」

「なるほど、つまり、芝居を、しているということですね」

と、うなずいてから、十津川は、

「男の声のほうは、この、テープから何かわかりますか？」

「この男は、怒鳴って、女性を脅かしていますが、自分の言葉に自信がないように、思えますね。俺のいうとおりにしなければ、お前の友だちを、殺すぞといっていますよね？　もし、自信があれば、台詞に、もっと、抑揚がつくものなんですが、この男の言葉には、抑揚が、ありません。ただ、大声を出しているだけで自信がないんですよ。男は、自分がいった言葉に、どれほどの、効果があるかわからず、不安がっている。そう考えられますね」

と、大下が、いった。

「ありがとうございます。助かりました」

「こんなことで、刑事さんのお役に、立ったんですか？」

「ええ、充分、捜査の役に立つと思いますよ」

十津川と亀井は、音響研究所を出ると、急いで、横浜中警察署に戻った。

十津川は、捜査本部長に頼んで、捜査会議を開いてもらった。

その席で十津川は、音響研究所にいって、調べてもらったことを、捜査本部長に説明した。

「このテープには、犯人の男と、ホテルに匿われている篠塚美奈、それから、彼女が逃げたために、代わりに、誘拐されてしまった女友だちの、新藤ゆかり三人の、電話の会話が録音されています。まず、これをきいていただきます」

十津川は、机の上に、テープレコーダーを置いて、テープを装着し、再生ボタンを押した。

すぐに、犯人と、篠塚美奈との会話がきこえてくる。

十津川は、ボリュームをあげた。

その後、犯人の代わりに、新藤ゆかりの声が、きこえてくる。しばらく、新藤ゆかりと、美奈の電話の会話が続き、最後に、犯人が会話に割りこみ、明日の午後一時に、もう一度電話をするといって、テープは、終わった。

テープをきき終わった捜査本部長が、刑事たちに向かって、

「君たちの感想を、ぜひ、きかせてほしいね。気がついたことを、いってくれ」

と、いった。

いろいろな意見が、飛び出した。一番多かったのは、篠塚美奈を心配する意見だった。

ある刑事は、

「明日、犯人が要求すれば、篠塚美奈を、引き渡すわけでしょう？　新藤ゆかりを助けるためにです。引き渡した場合、犯人は、篠塚美奈を、どうするつもりなんでしょうか？　犯人の目的は、今、問題になっているトーマス商会から、彼女が受け取ることになっている、莫大なケイコ・トーマスの遺産の分配金を手に入れることだと思うのです。問題は、そのあと、どうするかです。犯人は顔を見られているはずですから、最悪の場合、篠塚美奈を、殺してしまうのでは、ないでしょうか？」

別の意見もあった。

「この犯人が、いったい、どんな人間なのかと考えますね。前に、横浜の外国人墓地で、篠塚美奈の偽者が、殺されています。彼女を殺した犯人と、今回、篠塚美奈を脅かしている男とは、同一人物か、それとも、別人なのか。もうひとり、東京の新橋で、狩野仁を、殺した犯人とは、どうなのか？　殺された男女、それから、男に、脅かされている篠塚美奈、この三人は、ケイコ・トーマスの莫大な遺産で、繋がっています。それを考えると、犯人は、同一人物に違いないと、思います」

刑事たちの間では、犯人から、要求があったら、篠塚美奈を犯人に引き渡すべきだという意見と、引き渡すべきではないという意見が、ほぼ半々だった。

「引き渡したら、犯人は、篠塚美奈にケイコ・トーマスの遺産の分配金をもらいにいかせ、そのあとで、彼女を殺すに決まっています。ですから、彼女を引き渡すのは不可です」

「しかし、篠塚美奈を渡さなければ、犯人は、人質の新藤ゆかりを殺すぞ。それはどうするんだ？」

と、捜査本部長が、きく。

「それは、ありません」

と、いったのは、十津川だった。捜査本部長は、十津川に顔を向けて、

「希望的観測じゃないのかね？」

「そうではありません。犯人は、問題の金を手に入れることに、異常な執念を燃やしていますから、利用できる人質を殺すはずはありません」

「では、交換を要求してきたら、どうするんだ？　篠塚美奈を犯人に渡すのも危険だし、といって、それを拒否すれば、新藤ゆかりが、危険になるぞ」

「犯人は、交換は要求してこないと思います」

「どうしてだ？」

「その必要がないからです。犯人は、今までどおり、新藤ゆかりを人質にとっておいて、篠塚美奈に、彼女を助けたければ、ケイコ・トーマスの遺産の分配金を手に入れて、持ってこいと命じると思うのです。女同士の交換をするより、簡単で、楽ですから」

と、十津川は、いった。その考えに賛成する刑事が多かった。

「もう一つ、私の考えを提示しますので、それを協議していただきたいのですが、その前に、西本刑事と、篠塚美奈に、話しておきたいことがあるので、中座

をお許しください」

十津川は、それだけいうと、捜査本部を、抜け出した。

十津川は亀井と、篠塚美奈が隠れているホテルに向かった。

ホテルのロビーには、相変わらず、西本が、緊張した顔で腰をおろしていた。

十津川は、彼も連れて、篠塚美奈のいる部屋に、あがっていった。

部屋の前を、警護している県警の刑事二人に、会釈をしてから、三人は、部屋のなかに入った。

ソファに座っていた美奈は、疲れ切った顔で、三人を迎えた。

「ねえ、明日、私は、どうすれば、いいのかしら？」

美奈が、西本にきく。

「それは、犯人の出方によるね」

西本が、答える。

「犯人は、どんなことを、要求してくるのかしら？」

「犯人がほしいのは、あくまでも、ケイコ・トーマスの遺産の分配金だよ。君や、君の友だちの新藤ゆかりを、殺すことが、目的ではない」

「そうはいっても、結局のところ、犯人は、私を殺すんじゃないの？　私は成人だから、犯人の顔を見てしまえば、覚えてしまう。犯人にしてみれば、それじゃ、困るんでしょう？」

美奈は、そういったあと、疲れたといって、寝室に、姿を消してしまった。

そのあと、西本は、十津川を見て、

「警部は、犯人が、どう、出ると考えますか？」

と、きく。

（西本は、私の答えを、そのまま、美奈に伝える気なのだ）

そんなことを、考えながら、十津川が、答えた。

「犯人は、二つの方法を考えているはずだ。一つは、新藤ゆかりと篠塚美奈を交換する。そのあと、篠塚美奈を使って、ケイコ・トーマスの遺産の分配金を、手に入れようとする。もう一つは、人質の新藤ゆかりは返さない。その代わり、篠塚美奈に、ケイコ・トーマスの遺産の分配金を、受け取ってこいと命令し、その金と、引き換えに、新藤ゆかりを解放する。犯人は、このどちらかを、要求してくるはずなんだ」

「第一のケースだと、現在、人質になっている新藤ゆかりは、助かるかも、しれませんが、篠塚美奈は、分配金を手に入れた途端に、犯人は、彼女を殺してしまうかもしれません。一方、第二のケースでは、篠塚美奈は大丈夫かもしれませんが、新藤ゆかりのほうが、殺される恐れが出てきます。いずれの場合も、犯人の顔を、見ていればの話ですが。何とか、二人とも助けられる方法はありませんか？」

と、西本が、きいた。

「方法はあるよ」

十津川は、いった。

「本当に、ありますか？」

「その前に、犯人は、人質の交換は要求してこないよ。これは間違いない。その必要がないからだ。新藤ゆかりを人質にしておいて、彼女を死なせたくなければ、分配金をもらってこい。その金と交換に、新藤ゆかりを解放してやると、犯人は、篠塚美奈に命令すればいいんだからね。人質の交換なんて、面倒くさいことをするはずがないんだ」

「確かに、そうですが」

「犯人と女二人が交わした電話の録音テープを、音響研究所に分析してもらった結果が、二人を助けるヒントになっている可能性があるんだよ」

「どんなふうにですか。それをきかせてください」

西本は、必死の表情で、十津川を見た。

「このテープに入っている女二人と犯人の声の、分析だよ。まず、篠塚美奈の声は、本当に怯え、不安がっていると、分析された。しかし、新藤ゆかりの声の分析になると、大下所長はこういったんだ。言葉では、怖いとか、逃げようとして、犯人に殴られたとかいっているが、彼女の声を分析すると、怯えがまったくききとれないし、怖がってもいない。ただ大きな声を出しているだけだというんだ。まるで、女優のように、大声を出しているが、甲高くもないし、震えてもいないというんだ」

十津川の言葉に、西本の表情が、変わった。

「ひょっとすると、新藤ゆかりは、犯人と繋がっている。共犯かもしれないということですか？」

「そうだ。犯人と繋がっている可能性がある。だから、犯人は、なおさら、人質の交換は要求しないはずだ」

「犯人の声の分析もしたわけですね？」

「そうだ。犯人は、声を分析すると、大声を出しているが、自分の行動に、自信がないように思えると、大下所長は、いっている」

「二人も殺したのにですか？」

「たとえ、二人の人間を殺していても、犯人は、アマチュアなんだ」

と、十津川は、いった。

「では、これから、どうしますか？」

「私は、横浜中警察署に戻って、このことを捜査本部長に話し、明日の行動を決めたいと思っている」

十津川は、亀井と、横浜中警察署に設けられた、捜査本部に戻り、改めて、捜査本部長に、音響研究所で調べてもらった結果を、報告した。

捜査本部長は、きき終わってから、

「こうなると、犯人は、人質の新藤ゆかりを、解放せず、篠塚美奈を脅かして、問題の分配金を取ってこいと、命じるだろうね」

「そう思います」

「テープの分析では、新藤ゆかりは、犯人の仲間だ。向こうはわれわれが、それに気づいていることを、まだしらないだろう。こちらが、うまく立ち回れば、犯人を逮捕できるだろうね」

「はい。逮捕できます」

「一つ、疑問があります」

と、いったのは、県警の川口警部だった。

「もしもですが、音響研究所の分析が間違っていたら、どうするんですか？　十津川警部は、全面的に、大下所長のことを信じているようですが、間違っている可能性だってあるわけでしょう？　もし、間違っていたら、犯人を逮捕するどころか、へたをすると、金だけを、持ち去られてしまいますよ。その点は、大丈夫なんですか？」

十津川も、真剣に答えた。

「私にも、絶対に、間違っていないと、いい切るだけの自信は、ありません。しかし、音響研究所は、三十年前に、創設されて、それ以来、警察や政府などの求めに応じて、数多くの、会話や録音された、有名人のテープなどを分析してきて、今までに、間違ったことは、ほとんど、ないといわれています。ですから、音響研究所の分析を信じて、明日、対応しようと思っています。もし、犯人が、妙な行動を取れば、犯人の本当の姿がわかってきます。明日はテープの分析を信じて行動し、見事に犯人を逮捕しようじゃありませんか？」

十津川が、励ますようにいった。

3

翌日の午前中から、十津川たちは、篠塚美奈のいるホテルに集まっていた。

警視庁からは、十津川を入れて十五人、それに、県警の刑事が二十人である。

午後一時近くなると、篠塚美奈のいる部屋が、緊張に、包まれてきた。

十津川は、篠塚美奈本人には、電話の分析のことに関して、一切、話していなかった。教えると、犯人との会話に、影響してしまうことを、恐れたからである。

午後一時ちょうどに、篠塚美奈の携帯電話が鳴った。篠塚美奈が電話に出る。

「篠塚美奈だな？」

と、犯人が、いう。

「ええ、そうです。早く、新藤さんを、解放して」

「もちろん、解放はするさ。その前に、お前にやってもらいたいことがある」

「どんなことをすればいいの？」

「すぐ『帝国ホテル』にいって、泊まっているK・サユリという、弁護士に会うんだ。自分には、ケイコ・トーマスの遺産をもらう権利があると、いって、お前の分け前をもらってくるんだ。わかったな。もらってきた頃、こちらからもう一度、連絡する」

「それで、新藤さんは、どうなるの？　解放してくれるの？」

「お前が間違いなく、ケイコ・トーマスの遺産をもらってきたら、それと引き換えに、新藤ゆかりは解放する。約束するから心配するな」

「自信がないわ」

美奈が、声を震わせた。

「今さら、何をいっているんだ」

「私に、ケイコ・トーマスの遺産をもらう資格があるのかどうか、自分自身、本当に、わからないし、もらえないかもしれない。だから、自信がないのよ」

「いや、お前には、もらう権利がある。堂々と、出かけていって、遺産のお前の分をもらってくるんだ。失敗したら、友だちは、本当に、死んでしまうぞ。それでもいいのか？　これからすぐ『帝国ホテル』にいって、トーマス商会の弁護士、K・サユリに会うんだ。わかったな？　午後六時になったら、もう一度、こちらから電話する」

犯人は、美奈の返事を待たずに、電話を切った。

美奈は、蒼い顔で、

「私は、どうすればいいんですか？」

と、十津川を、見た。

「これから『帝国ホテル』にいって、弁護士のK・サユリに、会いなさい」

十津川が、いう。

「でも、本当に、自信がないんです。祖父に、外国に親戚がいる、ときいたことはあるけど、トーマス商会なんてしらなかったし、私に、遺産を受け取る資格があるなんて、信じられないんです」

「西本刑事も同行させるよ。それなら、君も安心だろう」

と、十津川が、いった。

4

西本刑事と篠塚美奈の二人は、東京の〈帝国ホテル〉にいき、弁護士のK・サユリに会うことになった。

「万が一にも、犯人に見つからないように、君たち二人だけで、いってくること。周囲を、あまり、きょろきょろ見回すな」

十津川が、二人に注意を与えた。

二人は、念には念を入れて、横浜のホテルから、タクシーに乗り、一直線に、〈帝国ホテル〉に向かった。

〈帝国ホテル〉に着くと、フロントで、K・サユリを呼んでもらうことにした。

フロントにある館内電話から、K・サユリの声がきこえてきた。

「どなた？」

と、K・サユリが、きく。

「篠塚美奈です。あなたに、お会いしたいのです」

と、美奈が、いった。

「ミス・シノヅカですか？」

「はい、そうです」

「わかりました。すぐ、部屋にきてください」

と、相手が、いった。

二人は、K・サユリの部屋に、向かった。

広い部屋で、リビングルームと、寝室の二つにわかれている。その間はドアで仕切られている。

リビングルームに招き入れられた篠塚美奈は、改めて自分の名前をいい、弁護士のK・サユリに、

「私に、ケイコ・トーマスの遺産をいただく資格があるらしいのですが、それが本当ならば、いただけますか？」

「あなたに、その資格があるとすると、昭和十二年に、当時の、トーマス商会のジョン・トーマス社長が、妻だったケイコさんの親族に分配した会社の株券を、お持ちになっているはずだけど、それを、見せてくださらない？」

「いくら探しても、私の家にはありませんでした。たぶん、戦争中、空襲で、家が焼けましたから、その時に、燃えてしまったんだと思いますけど」

美奈は、懸命に、いった。

美奈自身は、お金など、ほしくはないが、それを、持っていかなければ、友人の新藤ゆかりを、助けることができないからだった。

「肝心の株券を、持っていらっしゃらないとすると、残念ですが、遺産は、差し

あげられないわ」

と、K・サユリが、いった。

「彼女は、嘘は、いっていないんですよ。それに、いろいろと、事件があって、それを考えると、この篠塚美奈さんに、遺産を受け取る資格があることを、示しています」

横から、西本が、助け船を、出した。

K・サユリは、微笑して、

「あなたは、いったい、どういう立場なの？」

と、きく。

「彼女の友人です」

と、西本が、答える。

「お友だちで、刑事さん？」

と、K・サユリが、きく。

一瞬、西本は、

（参ったな）

と、思いながら、

「本当に、友人ですよ。彼女がひとりでは心細いというので、介添え役に、なったんです。とにかく、彼女には、ケイコ・トーマスの遺産の分配金を、受け取る資格があるんですよ」

「それじゃあ、サンフランシスコは、深夜だけど、社長に電話をして、確かめてみるわ」

K・サユリは、いい、自分の携帯電話のボタンを押していたが、

「ミスター・トーマスですか？　深夜に失礼します。K・サユリです」

と、英語で話し始めた。

「今、ミナ・シノヅカという若い女性が、こちらに、きているのです。遺産を受け取る資格があるといっていますが、肝心の株券を持っていません。焼けてなくなったといっていますが、それを、信用して、遺産の分配金を、渡してもいいでしょうか？」

と、K・サユリが、いい、しばらく間があってから、

「そうですか。分配金の、全部ではなく、一部なら、渡してもいいということですね。わかりました。そういたします」

と、いい、電話を切ると、机の引き出しから、一万円札の束《たば》を取り出した。

「今、マイク・トーマス社長に、おききしたところ、ミナ・シノヅカの証言は信用できるが、肝心の株券がないのでは、申しわけないが、分配金の一部しかお渡しできないということです。そこで、今日は、手持ちの現金のなかから、二百万円だけ、お渡しします。どうぞ、これをお持ち帰りください」

そういって、百万円の束を二つ、美奈の前に置いた。

その後、K・サユリは、英語で書かれた、領収書を、テーブルの上に置いて、

「ここに、本日、二百万円を受領したと、書いて、サインと印をください。印鑑をお持ちでなければ、ホテル気付で、正式な領収書は、送ってください。今日は受取書のサインで、けっこうですから」

と、いった。

美奈は、領収書を預かり、受取書を書きながら、

「全額は、いついただけるのですか？」

「株券が、見つかったら、いつでも、残りをお支払いしますよ」

「でも、株券は、焼けてしまって、もうないのです」

「それでは、あなたの親族の方が、株券を持っていたという証拠が、見つかればいいんですけどね。そうでないと、全額を、お支払いするのは、まず無理です」

と、K・サユリが、いった。

「一つだけ、おききしても、いいでしょうか？」

横から、西本が、いった。

「何でしょうか？」

「今までに、何人の、日本人が、ケイコ・トーマスの遺産の分配に、与ったのですか？　それを、しりたいのですが」

「申しわけありませんが、お教えできませんわ」

と、K・サユリが、いった。

「どうしてですか？」

「これは、広くいえば、企業秘密です。それに、何人の方に、どれくらいの金額が支払われたかを発表してしまうと、分配金をもらった人が、襲われる危険もあるので、明らかにはできないのですよ」

K・サユリは、いかにも弁護士らしい、いい方をした。

二人は、二百万円をもらい、再びタクシーで、横浜のホテルに、戻った。

その途中の、車のなかで、美奈は、しきりに、

「この二百万円だけで、犯人は、新藤さんを解放してくれるかしら？」

と、心配していた。

「犯人には、本当のことを、いったらいいんじゃないか？　『帝国ホテル』で、K・サユリ弁護士に会ってきたが、肝心の株券を持っていないので、分配金の一部しか、もらえなかった。そう、正直にいえばいいんだよ。犯人は、二百万円じゃ、新藤ゆかりを、解放できないというかもしれないが、何とか、説得すればいい」

西本が、励ました。

5

横浜のホテルに着くと、篠塚美奈は疲れたといって、寝室に入ってしまい、西本は、ソファで、十津川と亀井の二人に、K・サユリとの話し合いを説明した。

「K・サユリ弁護士は、すぐに払うといったのか？」

十津川が、きく。

「それがですね、昭和十二年に、当時のトーマス商会の社長が、渡した株券を持ってくれれば、すぐにでも、支払うが、それがなければ難しい、というのです。篠塚美奈が、懸命に食いさがったら、K・サユリは、サンフランシスコにいる現在の社長に、電話をして確認してみるといい、電話のあと、分配金の一部として二百万円だけは払うが、株券が見つかるか、株券を持っていたという証拠が、見つからなければ全額は払えないと、いわれました」

「K・サユリ弁護士は、電話で、本国に照会したというわけか？」

「マイク・トーマス社長に、きいてみるといって、その場で、サンフランシスコに電話をかけていました。しかし、あれは、どう見ても、嘘ですね」

西本が、そういって、十津川を驚かせた。

「どうして、君は、嘘だと思ったんだ？」

「彼女は、アメリカ製の、携帯電話を持っていて、それで、わざとらしく、サンフランシスコにかけたのです。私は、彼女の指が、携帯電話の数字を何度叩くか、それを、じっと見ていたんです。あれは、サンフランシスコに、かけたのではありませんね。明らかに、日本国内の、誰かの携帯にかけたんです」

「しかし、何番に、かけたのかは、わからないだろう？」

「ええ、そこまでは絞れません」

「ほかに、気がついたことはあるか？」

「今日いった『帝国ホテル』の部屋は、スイートルームで、リビングルームと、寝室にわかれているのです。寝室に続くドアの向こうに、誰かがいるなと、思いました。たぶん、男でしょうね。何となく、そんな、気配がありましたから」

「寝室に男か」

「そうだと思います。ひょっとすると、K・サユリが電話をかけたのは、サンフランシスコのマイク・トーマス社長ではなくて、寝室にいた男かもしれません」

「君の、勘が当たっているとすると、あのK・サユリという弁護士は、トーマス商会から、任されているといいながら、自分で勝手に、二百万円という金額を決めて、篠塚美奈に、払ったということになってくるな」

「ええ、そうなりますね」

午後六時きっかりに、電話が鳴った。

どうも、犯人は、几帳面な性格の男なのかもしれない。

美奈が、電話に出ると、

「どうだ、遺産の分配金は、ちゃんと、もらってきたか？」

男が、きいた。

「それが、肝心の株券を持っていないので、分配金の、全額ではなくて、その一部の二百万円しかもらえなかったわ。何とか、全額もらおうと思って、頑張ったんだけど、駄目だったんですよ。だから、この二百万円で、新藤さんを、すぐ、解放してください。お願いします。残りの分配金は、何とかして、もらってきて、全額、あなたに渡しますから」

美奈は、必死で、犯人に訴えた。

予想したとおり、犯人は、怒り出した。

「二百万円？　おい、そんなはした金で、俺が満足するとでも思っているのか？　馬鹿にするな。そんな金では、人質は渡せないぞ。こうなりゃ、何回でも、弁護士のところを訪ねていって、全額もらわなければ、友だちが、殺されるんだといって、もらってこい。そうしなければ、人質は返さないし、時間がかかれば、死ぬことになるんだぞ」

「私が、もらえる分配金って、どのくらいなんですか？」

「俺は、詳しいことは、しらん。だが、百万円単位なんてもんじゃない。一千万円単位だ。最低でも、五、六千万は、あるはずだ。いいか、何とかするんだ」

そういって、犯人は、電話を切った。

その後、横浜中警察署で、緊急の合同捜査会議が開かれ、それには、十津川と亀井、それに、西本も出席した。

会議の冒頭、西本刑事が、篠塚美奈を連れて〈帝国ホテル〉に来日中の、弁護士のK・サユリを訪ねていったこと、遺産の分配金の一部として二百万円をもらってきたこと、それと引き換えに人質の解放を要求したが、犯人が怒って応じなかったことなどを、捜査本部長に報告した。

西本は、続けて、

「それからもう一つ、興味のあることを発見しました」

そういって、チョークを持って、黒板の前に立つと、弁護士K・サユリが泊まっている〈帝国ホテル〉の部屋の間取り図を描いた。

「リビングルームと、寝室の間には、ドアがあります。私と篠塚美奈は、リビングルームでK・サユリ弁護士と会いました。その間、私は、ドアの向こうの寝室のことが、何となく気になっていたのですが、明らかに、そこには誰かがいる気配がしました。たぶん、男だと思います。分配金と株券のことで、最後に、K・サユリ弁護士は、自分の携帯で、サンフランシスコのマイク・トーマス社長に、きいてみるといって、電話をしていました。その結果、マイク・トーマス社長の指示で、分配金の一部として、二百万円だけをもらえることになったのですが、K・サユリが、サンフランシスコには、実際に、電話をかけていないことが、わかりました」

「どうして、それが、わかったのかね？」

と、捜査本部長が、きく。

「これは十津川警部に話したのですが、携帯のボタンを、彼女が、叩く数を数えてみると、サンフランシスコにかけるよりも、タッチの回数が、少なかったんです。あれは、明らかに、日本国内にかけていたんです。K・サユリは、ドアの向こう側、寝室にいた男に、電話をしていたんだと、思います。彼女は、トーマス商会の依頼を受けた弁護士として、日本にきたのに、実際には、雇い主を騙して、二百万円を、篠塚美奈に渡したのです。これだけは、間違いありません」

と、西本が、いった。

6

西本刑事の説明に、捜査本部長は、喜んだ。

捜査本部長は、にこにこして、

「これで、相手も、ぼろを出したということになるね」

と、いい、十津川に、目を移して、

「どうだね、十津川君、君も、犯人がぼろを出したとは思わないかね？」

「同感です」

十津川は、うなずいた。

「君の意見をききたい。今の情況を、どんなふうに受け取っているのか？　それを、話してもらいたいんだよ」

捜査本部長が、促した。

「それでは、私の考えを申しあげます」

と、十津川が、いった。

「今回の一連の事件ですが、考えてみると、おかしなことの、連続でした。昭和十二年に、横浜から去ったトーマス商会のジョン・トーマス社長は、日本を離れるに際して、株券を、ケイコ・トーマスの親族に、配りました。それから七十年以上も経った今になって、亡くなったジョン・トーマス氏の日本人妻、ケイコ・トーマスの遺志を尊重して、彼女の遺産を子孫に、わけ与えるということで、トーマス商会から、委託を受けた弁護士K・サユリが、日本にやってきました。日米親善のための、ほほえましいエピソードともいえますが、これが事実なら、当然、遺産をもらえる日本人のリストが、あるはずです」

「当然、あるだろう。なければおかしい」

「ところが、弁護士の、K・サユリにきいても、そんなものは、存在しないというのです。本部長が、おっしゃったように、どう考えてもおかしいのです。リストがなくて、どうやって、資格のある日本人に、分配金を渡すことが、できるのでしょうか？　それでも、K・サユリ弁護士は、頑《かたく》なに、リストの存在を否定するのです。西本刑事が、それなら、今までに、何人の日本人が、分配金をもらったのかと、きくと、それはいえないというのです。何人の日本人がもらったのか、また、分配金額などを、明らかにすると、大騒ぎになってしまうので、秘密を守ると、弁護士のK・サユリは、いっています。リストはない。何人に、いくらずつ渡したのかはいえないとなると、実際には、まったく配っていないのではないか、という疑いさえ、起きてくるのです」

「同感だ」

「それなのに、東京・新橋のホテルで狩野仁という男が、殺された事件では、あっさり、この男が、遺産の分配に与する資格を、持っていると、認めているのです。また、横浜の外国人墓地では、若い女性がひとり、殺されました。名前は、篠塚美奈ですが、殺された女性は偽者で、本物の篠塚美奈のほうは、問題の分配金をもらう資格があるかどうか、わからないといい、肝心の株券も持っていません。それなのに、今日、西本刑事が、篠塚美奈を連れて、弁護士のK・サユリに会いに出かけ、二百万円をもらって帰りました。それも、考えてみれば、不思議です。こうした一連の不可思議な事件を、改めて、考え直してみました。トーマス商会のケイコ・トーマス夫人の遺言で、その遺産を、彼女の親族に、分配金として、渡すことにしたというのは、事実のようです。おかしいのは、その先です」

十津川は、さらに、言葉を続けて、

「今までに推測したことを、書き並べてみます」

そういうと、チョークで、黒板に書いていった。

一、ケイコ・トーマスの孫である、現在のトーマス商会社長が、ケイコ・トーマスの遺志を尊重して、莫大な遺産を、彼女の親族に、わけ与えようとしているのは事実である。

二、トーマス商会の依頼を受けて、弁護士のK・サユリが日本にきているが、彼女は、現在のマイク・トーマス社長の指示を無視して、勝手に、莫大な遺産を自分の懐に入れようとしている。

三、K・サユリ弁護士には、何人かの日本人が協力して動いている。

四、外国人墓地で殺された山崎美香は、遺産の分配に関して、何もしらない、篠塚美奈に成りすまそうとしたが、何らかの理由によって、殺された。

五、狩野仁が殺されたのは、遺産の分配金を、手に入れようとして、何か、トラブルが、生じたからである。

六、現在、新藤ゆかりという女性が、犯人に誘拐され、監禁されているが、これは芝居であり、新藤ゆかりという女性も、K・サユリ弁護士の下で働いている仲間の可能性が、極めて強い。

七、篠塚美奈が受け取るべき分配金を手に入れるため、新藤ゆかりを誘拐した犯人もまた、K・サユリ弁護士の仲間だと考えられる。

そこまで書いて、十津川は、チョークを収めると、最後に、捜査本部長に向かって、こういった。

「今、ここに書いたことが事実だとすれば、いや、おそらく、すべて事実でしょうが、これを考えていけば、犯人の逮捕は時間の問題だと、私は確信しています」

第七章　別れの花束

1

警視庁と、神奈川県警、それぞれの捜査本部は、時間に追われていた。

弁護士のK・サユリが、不正を働いているらしいという想像は、容易につくのだが、その証拠が、見つからない。へたをすると、海外に逃げられてしまう。

そこで、翌朝、十津川は、直接、サンフランシスコにいる現在のトーマス商会のマイク・トーマス社長に、電話で、話を、きくことにした。

言葉の問題から誤解が生じる恐れがあるので、優秀な通訳を、間に入れることにした。

会話は録音する。このことは、相手方のマイク・トーマス社長にも、前もって了解を得ていた。おそらく、向こうも、この会話を録音するだろう。

十津川は、まず、今回の遺産の分配に、警察が関わることになった理由を、改めて、マイク・トーマス社長に説明した。

ケイコ・トーマスの遺産分配が始まるとすぐ、日本で殺人事件が二件、起きたことを告げた。

「この殺人事件を、社長はご存じですね？」

「ええ、しっていますよ。K・サユリ弁護士から逐次《ちくじ》、遺産の分配についての報告を、受けていますから。今回日本で起きた殺人事件と、祖母の遺産の分配とはまったく関係がないと、彼女は、いっていますが。展示会でも、おききしましたが、本当に、十津川さんのいうように、殺人事件が絡んでいるんですか？」

「弁護士は、もちろん、そういうでしょうが、こちらとしては、二件の殺人事件が、関係していると思っているので、警視庁が捜査をしているのです。いろいろと、疑問がありますので、社長に、明確な回答をしていただきたいのです」

「わかりました。今回は、日本の警察には、全面的に、協力します」

と、マイク・トーマス社長が、いってくれた。

「昭和十二年、一九三七年ですが、先々代のジョン・トーマス社長さんが、横浜から撤退する時、ケイコ夫人の親族に、戦争が終わったら、またくるつもりだといい、その時のために、株券を渡したというのですが、これは本当ですか？」

「ええ、本当です。祖父から、何度もききましたから」

「その時、何人の、親族が、いたのでしょうか？　こちらの調べでは、十六人以上ということになったのですが。弁護士のK・サユリさんにきいたところでは、リストはないというのですが、ないはずがないと、思っているのです。リストは、あるんですか？」

トーマス商会の株券を、分配された人間を、神奈川県警が、全力を挙げて、調べているが、現在、判明しているのが、十六人だった。

「人数は二十六人です。それから、リストですが、もちろん、ありますよ。なければ、二十六人の、子孫の方も、見つけられませんからね。こちらで用意をして、弁護士のK・サユリに、渡してあります。彼女の話では、そのリストの存在を、認めてしまうと、そのリストを狙ってトラブルが、起きる恐れがあるので、ないことにしていると、いっていましたよ」

「それでは、現在、二十六人のうち、何人に、遺産が分配されたんでしょうか？」

「これも、K・サユリの、報告ですが、二十六人のうち、すでに、十五人に遺産が分配されているときいています。いずれも正当な資格を持っている方で、皆さん遺産を分配されて、トーマス商会に感謝しているということなので、順調に進んでいるなと、安心しているのですが」

「遺産を受け取る資格を持っている二十六人のうち、すでに、十五人は解決したと、K・サユリ弁護士は、いっているわけですね？」

「そのとおりです」

「ということは、すでに、十五人分の遺産が、支払われているということに、なりますね？」

「そうです。すでに十五人分の、祖母の遺産が、日本の子孫の方に支払われています」

「領収書は、当然、全員から、もらっているんでしょうね？」

「K・サユリのほうから、金額の指示があって、こちらから、まず、彼女が開設した口座に送金し、彼女が最終確認をした上で、支払っています。それと引き換えに、彼女のほうから、受け取った人たちの領収書が、送られてくるのです。ただ、私は、日本語ができないので、領収書の名前のほうは、よく、わかりませんがね」

と、いって、電話の向こうで、マイク・トーマス社長が、笑った。

「K・サユリ弁護士ですが、社長さんは、どうやって、彼女を見つけ出し、今回依頼をされたんですか？」

「今回の件については、日本語と英語が堪能で、しかも、日本人の性格や気質、あるいは、日本の習慣などに詳しい、経験豊富な弁護士が、どうしても、必要でした。それで、募集したのです。弁護士の資格を持っていること、英語と日本語が堪能であること、日本に何年かいたことがあり、日本人の性格や習慣などを、よくしっていることなどを、条件にしましてね。十五人の弁護士が応募してきたのです。そのなかから今いったことを考慮して、K・サユリという、女性弁護士を選んだのです」

「応募者十五人のなかで、K・サユリが、最も優秀だったわけですか？」

「優秀というよりも、彼女が、日本について一番詳しく、日本の歴史や日本人の人情などにも、理解が深かったから、彼女を採用したんです。今回、祖母の遺産を分配するに当たって、何よりも、日本人としての、祖母の生き方や考え方、性格などを、尊重しようと思っていましたから、日本人の血を、持っていて、日本人の性格や、日本の歴史、それに、何といっても、横浜の歴史に詳しかったことが、K・サユリを選ぶ決め手になりました。彼女ならば、日本人が喜び、納得するような方法で遺産を、分配してくれるだろうと思ったからです」

「K・サユリ弁護士の履歴書は、お持ちになっていらっしゃいますか？」

「ええ、持っていますよ。のちほど、ファックスで、リストと一緒に、十津川さんに、お送りしましょう」

「そうしていただけると、助かります」

「その履歴書のなかで、私が、一番気に入ったのは、彼女は、日本の国立大学の法科を卒業し、日本で弁護士として活動したあとで、アメリカの、大学の法科を卒業して、アメリカでも、弁護士の資格を持っているということでした。現在の外務大臣や法務大臣とも、親交があるということで、その点も、大いに気に入りましたね」

「K・サユリさんは、結婚していらっしゃるんですか？」

「いや、今は、独身のはずですよ。日本にいた時に、日本人と、結婚したが、その直後に、ご主人と、交通事故で、死別したということもきいています」

と、マイク・トーマス社長が、いった。

2

電話のあと、二十六人のリストと、弁護士K・サユリの履歴書が、ファックスで送られてきた。

リストの名前と、捜査本部が調べあげていた、名前が一致するかどうかが、問題だった。

その二十六人のリストの最後には〈一九三七年に会社の株をこの二十六人に渡してあるが、現在、それを、失っていても、リストに名前がある限り、権利を認める〉と、但《ただ》し書きがしてあった。

また、リストにあった二十六人の一番上は、狩野徳三郎《とくさぶろう》という名であった。二番目は、杉村彦一《すぎむらひこいち》である。分配した株券の、多い順なのだろう。すなわち、分配金の多い順、ということになる。

十津川は、リストの一番上にあった狩野徳三郎という男の名に、安堵した。今回の事件で、遺産分配に与する、資格を持っている人間で、最初に殺された狩野仁が、その孫だったからである。

リストの二番目にあった杉村彦一は、篠塚美奈の、母方の祖父だった。杉村彦一は、狩野恵子、すなわち、ケイコ・トーマスの、従兄弟に当たる。杉村夫婦には、娘がいた。名前は、亜矢子《あやこ》。彼女は、篠塚克郎《かつろう》と結婚し、一男一女を得た。長男のほうは、自動車事故で死亡したが、長女の篠塚美奈は、S大に入り、西本と同窓になった。

その後、美奈の両親が亡くなり、杉村の家系にも相続人がいないので、美奈が、正式な相続人になった。

この二つの一致は、今回の二つの殺人事件の解決に結びつくと、十津川は、確信し、神奈川県警の川口警部に、電話で伝えた。そして、三上刑事部長に、報告した。

「現在、弁護士K・サユリの経歴について調べていますので、彼女が、どんな性格の人間なのか、経歴に、どんな偽《いつわ》りがあるのか、あるいは、日本に、共犯者がいるのか、いないのか、そうしたことが、徐々に、わかってくると思います。問題のリストについて、わかったことを、申しあげます。リストには、二十六人の名前が、載っているのですが、その一番目に、狩野徳三郎という名前が、ありま す。その狩野徳三郎の孫に、当たるのが、狩野仁で、すでに、殺されています。

この殺人に、K・サユリが、絡んでいるとすれば、どう絡んでいるのかを、考えました。K・サユリは、アメリカにいる、マイク・トーマス社長から莫大な遺産の、分配を任されていました。最初の頃は、遺産を全部、手に入れようとは、考えていなかったと思うのです。莫大な遺産の全額を渡すことはない。十分の一ぐらいでも渡せば、相手は、満足するだろう。そんな考えで、リストの最初に載っていた狩野徳三郎の孫、狩野仁を見つけ出して、交渉したと、思うのです。今いったように、十分の一でも、何千万ですから、狩野仁は感謝して受け取るだろうと思って。ところが、狩野仁は、こんな少ないはずはない。もっと、莫大な額の遺産が、手に入るはずだ。アメリカ本国にいるマイク・トーマス社長に、きいてみる。もし、金額が違っていたら、あんたがごまかしたと、マイク・トーマス社長に、いってやると、狩野仁は、いったんじゃないかと、思うのです。K・サユリとしては、狩野の口を封じなければならなくなり、殺してしまったのです。二番目の杉村彦一の子孫については、遺産をもらう権利のある人間を探したところ、西本刑事と、同じS大を卒業した、篠塚美奈という二十八歳の女性が、見つかりました。本人は、そのことに気づいていない。そこで、K・サユリが、考えたのは、篠塚美奈の偽者を作ることです。もちろん、K・サユリが、金で雇った偽者です。それが、殺された、山崎美香です。彼女の写真を、マイク・トーマス社長に送り、これが、二番目の杉村彦一の子孫ですので、遺産の正当な相続人だと伝えたんでしょう。どんなふうにでも、自由に操《あやつ》れる女を作ったんです。ところが、偽者の篠塚美奈は、もっと、裏があるのではないかと考え、それがしりたくなったんでしょう。横浜の、外国人墓地にいき、ケイコ・トーマスの墓を見つけたんだと、思うのです。偽者が、ケイコ・トーマスについて調べ始めたら、面倒なことになってしまいます。からくりがわかれば、報酬を増やしてくれなければ、本物の篠塚美奈に、すべてばらすと、いうかもしれません。仕方なく自分で作りあげた偽者の篠塚美奈を、殺してしまったのです。しかも、まずいことに、ケイコ・トーマスの墓の前でです。警察が、ケイコ・トーマスのことを、調べることになってしまったのです。不思議なものを感じます。ケイコ・トーマスが、本物の篠塚美奈と西本刑事を、導いたのでしょうか」

「弁護士のK・サユリは、日本の新聞に、相続人に対する、呼びかけの広告を載せているね。あの広告については、どう考えるのかね？」

三上刑事部長が、きいた。

「あれは、自分を雇った、トーマス商会の現在の社長に対する、アピールですよ。自分は現在、日本に渡って、こうして、新聞広告まで出して、リストにあった、二十六人の子孫に呼びかけている。一生懸命、任された仕事を進めている。そういう自分の広告です。あの広告をよく見ると、あれだけでは、自分が、莫大な遺産の相続人だと気がつく人は、まず、いませんよ。また、マイク・トーマス社長が送ってきたリストには、昭和十二年当時の会社の株券を、持っていなくても、構わないと書いてあるのに、K・サユリは、株券と引き換えでなければ、遺産を渡すことはできないという感じで話をしていますから、実質的に、遺産をもらえる人は、名乗り出てこないわけです。それなのに、K・サユリは、すでに、二十六人のうち、十五人に、遺産を分配し終わっていると、マイク・トーマス社長には報告しているのです」

3

K・サユリの経歴については、刑事たちの調べによって、少しずつ、本当のことがわかってきた。

アメリカから送られてきたK・サユリの履歴書によれば、一九六五年、東京の資産家の長女として、生まれている。東京の高校を卒業したあと、国立大学の法科に進み、在学中に、司法試験に合格。

大学卒業後、弁護士として活躍するが、渡米し、アメリカの、大学の法科に入り、アメリカでも、弁護士の資格を取得。

主として日米間で起こった労使問題や訴訟問題など、さまざまな法律問題で活躍し、そのために日本の政府関係者とも親しくなり、日本政府の依頼を受けて働いたこともある。

そして、現在に至っている。

なお、日本で、弁護士として働いていた時、同じ事務所にいた、弁護士の男性と結婚したが、その夫が自動車事故に遭って急逝《きゅうせい》し、その悲しさを忘れるための渡米でもあったという。

刑事たちが、調べた結果、小さな嘘や大きな嘘が、見つかった。

最初の嘘は、一九六五年、東京の資産家の娘として、生まれたということ。これが嘘だった。それを調べた西本刑事が、十津川に報告する。

「彼女が生まれた時には、すでに、家業は傾いていて、私大の授業料が、高くて払えず、内緒で、約一年間、ソープランドで働いていたことがわかりました。在学中に司法試験に受かったというのも嘘で、卒業後、三回、司法試験を受け、やっと、合格しています。その後、四谷《よつや》にある法律事務所で、働くようになっていますが、その時代に、結婚しています。相手は、その法律事務所で一緒に、働いていた先輩で、名前は、加藤伸二《かとうしんじ》です」

「そうか、K・サユリのKは、加藤ということなんだな」

「そういうことになりますね。その後、夫が自動車事故で、亡くなり、悲しさをまぎらすためにアメリカに渡ったと、履歴書には、書いてありますが、夫の加藤伸二が、自動車事故で亡くなったということは、いくら調べても、出てきません」

「では、夫の加藤伸二は、今も生きているのか？」

「死亡したという事実が、ありませんから、今もどこかで、生きているものと、思われます。K・サユリですが、彼女が離婚したという事実もありません。ですから、加藤伸二との間では、今でも夫婦関係が続いているとみて、いいと思いますね」

と、西本が、いった。

次は、K・サユリの大学時代のことを、調べた北条早苗刑事の、報告だった。

「彼女は最初、国立大学の法科に入ろうとしていたのですが、受験に失敗し、仕方なく、私立の、M大の法科に入学しています。当時のK・サユリをよくしっている友だちに何人か会って、話をきいてきました。彼女は、勉強家だったが、頭がいいという印象は、あまり、受けなかったそうです。

そのうちに、教師のひとりが、たまたま、彼女の働いているソープランドにいって、彼女を見つけて、驚いたが、彼女のお色気戦術に負けて、口を封じられてしまったらしい。そんな噂をきいた学生もいたようです。ただ、彼女が、アルバイトで、本当に、ソープランドで働いていたことは、誰も、しらなかったようですね。時々、高価なブランド物のハンドバッグを持っていたりするので、みんなが、びっくりしていたそうですが……」

「在学中に司法試験に、合格したというのも、嘘だったようだね？」

「弁護士になってから、時々、それを自慢していたようですが、嘘でした。確かに、在学中に司法試験を、受けたのは事実ですが、卒業したあとでも二回受験に失敗し、三回目で、やっと合格していますから、同窓生のなかで、弁護士になったのは、遅いほうだったようです」

と、北条早苗が、いった。

K・サユリが、四谷の法律事務所で、働くようになってからのこと、また、先輩弁護士の加藤伸二と、結婚した頃のことについては、日下刑事が調べてきた。

「彼女が、四谷の法律事務所で働いていた頃、同僚で、今も同じ四谷の法律事務所で、働いている弁護士がいます。そのうちの、何人かに会って、話をききてきました」

と、日下が、いった。

「彼らが、異口同音《いくどうおん》にいうのは、弁護士としての能力は平凡だが、はったりが強かったということです。今までに、十件の訴訟弁護を引き受けて、九勝一敗だといったり、離婚訴訟の場合などは、自分に、任せれば、何千万円もの慰謝料を、取ってみせるなどといっていて、ある時、所長から、あまりはったりをいうのは、よくない。もう少し、謙虚になれと、注意されているのを、きいたことがあると、いっていました」

「その時代に、先輩弁護士の加藤伸二と、出会って、結婚したんだな？」

「そうです。所長夫妻が仲人《なこうど》になって、結婚式を、挙げています。その時の写真があったので、借りてきました」

日下刑事が、一枚の写真を、十津川の前に置いた。そこに、写っていたのは、間違いなく、K・サユリである。

和服姿で、高島田《たかしまだ》なので、現在の、いかにも、理知的な弁護士の顔立ちとは、まるで、別人のように見える。

新郎の加藤伸二は、がっしりとした大柄な男である。

「この加藤伸二というのは、どういう弁護士だったんだ？」

「仕事熱心な、遣り手だったそうですよ。ただ、やりすぎるところや、何かというと、金儲けに走るところがあって、結婚直後に、加藤弁護士は、問題を起こしているのです」

「どんな問題なんだ？」

「離婚訴訟の時に、この加藤伸二は、相手方の秘密を、握りましてね。これで、依頼主の勝利は、間違いなかったのですが、これでは、規定の弁護料しか、受け取れません。そこで、加藤伸二は、個人的に、相手を、脅迫したのです。秘密をばらさない代わりに、一千万円払え。あんたが、勝つようにしてやる、とです。ところが、それがばれてしまい、法律事務所を、馘になり、弁護士資格を、失ったのです」

「それでも、K・サユリは、離婚しなかったんだね？」

「そうです。離婚した事実は、どこを調べても見つかりません。ただ、彼女は、その直後に、アメリカに渡り、夫は、自動車事故で亡くなったと、誰にも、話していたそうです」

「加藤伸二は、自動車事故に、遭っていないわけだから、生きているはずだ。今、どこで、何をしているのか、わからないのか？」

「それを、調べているところです。おそらく、今もこの男は、K・サユリのそばに、いると思われます」

と、日下が、いった。

「同感だ。彼女が、狩野仁と、篠塚美奈の偽者を殺したとは、思えないから、共犯がいるとすれば、この加藤伸二の可能性が強い。何としてでも、この男を、見つけ出せ。すでに、四月に入ってしまったぞ」

十津川は、刑事たちに、はっぱをかけた。

二日後の午後、今度は、アメリカにいるマイク・トーマス社長から、警視庁に電話が入った。

英語に堪能な係官が、十津川との、通訳となって、応対する。

「今日、K・サユリ弁護士から、報告が入りました。その後、五名の日本人に、遺産を分配して、喜ばれています。残るのは、あと六人ですが、この六人は、なかなか、見つからなくて困っております。そういう報告が、入ったんですよ」

「そうすると、リストにあった、二十六人のうち、二十人の子孫には、ケイコ・トーマスの遺産が、分配されたことになりますね？」

「そうです。これで、一安心です」

と、マイク・トーマス社長が、いった。

「そちらから、送っていただいた二十六人のリストの最後のところに、一九三七年当時の、トーマス商会の株券を、持っていなくても構わないと、書いてありますが」

十津川が、いうと、

「この件は、最初から、七十年以上も前の株券を、それも、本人ではなく、子孫の人が、持っていること自体、考えられなかったんですよ。大きな戦争があって、日本中が、焼け野原になっていますからね。K・サユリ弁護士には、最初から、株券のことは表に出すな。持っていれば、記念としてありがたく、ちょうだいしなさい。そういって、おいたのです」

と、マイク・トーマス社長が、いった。

「二十人に分配された遺産の総額は、どれくらいに、なっているんですか？」

「そうですね、正確な金額は、秘密なのですが、一億ドル以上とだけ、申しあげて、おきましょうか」

と、マイク・トーマス社長が、いった。

「リストの一番目にある、狩野徳三郎という日本人ですが、この子孫にも、分配金を渡したと、K・サユリ弁護士から、報告があったわけですか？」

「ええ、ありましたよ。リストの最初に載っていて、一番多く、株券も持っていますから、最初に、分配金を渡した日本人です。当人の領収書も、こちらにきています。日本人の領収書というのは、サインだけではなくて、判子が、押してありますからね。これが、正規の領収書なのかどうか、私にはよくわからなくて、困っていますが、日本のことに詳しいK・サユリ弁護士によると、判子が押してあるのが、日本では正しい領収書だと、教わりました。一応、安心していますが」

マイク・トーマス社長が、いった。

「この仕事が、終わったあと、K・サユリ弁護士は、どうするつもりでいるんでしょうか？　何か、おききになっていますか？」

十津川が、きいた。

「そうですね、仕事が、無事に終わったら、感謝の意味で、彼女に、報奨金を渡すつもりですよ。大変な仕事ですからね。その後、彼女は、カリブの島巡りを楽しみたいと、そんなことを、いっていましたね」

と、マイク・トーマス社長が、いった。

十津川は、マイク・トーマス社長との電話のあと、三上刑事部長に向かって、

「少し、急がなければ、ならなくなりました」

「マイク・トーマス社長は、電話で、何といってきたんだ？」

「K・サユリから、新しく五人の日本人に、ケイコ・トーマスの、遺産を分配し終わったと、いってきたそうです。全部で二十人に、遺産を分配した。残るのは六人だが、この六人が、なかなか、見つからない。時間がかかるかもしれないともです」

「払った遺産は、どのくらいの金額なんだ？」

「その点について、マイク・トーマス社長にきいたら、一億ドル以上だといっているのです。おそらく、実際には、もっと多いと思うのですが、一億ドルとしても、日本円では百億円弱ですからね。とてつもない金額ですよ。おそらく、K・サユリ弁護士は、遺産を受け取る資格のある、日本人の子孫には、篠塚美奈に、現金で渡した、二百万円以外、一ドルも、渡していないと思いますね。自分の仕

事ぶりを、信用させるため、見つけ出した子孫と偽って、写真を送ったりした上で、領収書を勝手に偽造して、アメリカのマイク・トーマス社長に送っているようで、マイク・トーマス社長も、日本人の領収書は、サインだけではなくて、判子も押すようだから、よくわからないといっているのです。その上、残りの六人は、探すのが難しいと、報告していますから、計画が露呈《ろてい》する前に、K・サユリが、一億ドルを手にして、逃亡する恐れが、あります」

「それで、少し、急がなければならなくなったといったんだな？」

「それに、殺された狩野仁にも、すでに支払い、領収証もあるそうですが、その分配金は、影も形も、ありません。決定的でしょう」

「逃亡を防ぐ方法はないのか？　詐欺容疑で、K・サユリ弁護士を、逮捕できないのかね？」

三上刑事部長が、きいた。

「依頼主のマイク・トーマス社長は、今も、K・サユリ弁護士のことを、信じているようですから、この段階では、こちらが、いくら話しても、K・サユリ弁護士を、告訴することはしないでしょう。そうなると、詐欺容疑で、逮捕するのは、難しいと思います」

十津川が、いった。

「それでは、どうしたらいいと思うのかね？」

「K・サユリ弁護士が、今でも、結婚していることになっている加藤伸二という男を見つけ出せれば、どうにかなると、思っています」

「見つけ出して、どうするんだ？」

「K・サユリ弁護士は、明らかに、詐欺を働いています。そして、二人が、死んでいます。殺人は、彼女が、やったとは思えないので、おそらく、加藤伸二が、篠塚美奈の偽者である、山崎美香を、探し出すことを含め、ダーティな仕事を引き受けたに違いないのです。ですから、加藤伸二を逮捕すれば、自然に、K・サユリ弁護士も、逮捕できるのではないかと考えています」

「ところで、犯人に、誘拐された新藤ゆかりの件は、どうなっているんだ？　まだ、助け出せないのか？」

三上刑事部長が、きいた。

「あの件は、捜査を、やめています」

「やめた？　どうして、やめたんだ？」

「私は前から、あの誘拐事件は、芝居だと思っていたのです。新藤ゆかりを誘拐し、親友の、篠塚美奈を意のままに動かそうとする犯人の計画です。もともと、犯人にとって、邪魔なのは篠塚美奈ですから、うまく動かして、どこかで消すつもりだろうと、考えていました。ところが、われわれ警察が、だんだんと核心に迫ってきたため、さすがに、身の危険を感じ、K・サユリ弁護士は、計画を変更し、篠塚美奈の分配金は諦めて、計画の仕あげにかかったのです。それがすんでしまうと、今さら、篠塚美奈を、消さなくても、よくなったのではないでしょうか？　その証拠に、犯人から篠塚美奈への連絡が、ここにきて、まったくなくなったのです」

「つまり、K・サユリ弁護士が、すでに、満足するだけの金を手に入れたということか？」

「そうです。今さら、篠塚美奈を動かしたり口を封じなくても、よくなったんですよ」

「君は、新藤ゆかりが、犯人の一味だと、考えているわけだね？」

「そうです。共犯者のひとりだろうと、考えています」

「その証拠は、あるのか？　もし、本当に、誘拐されていたら、どうするんだ？新藤ゆかりとK・サユリ弁護士は、本当に、関係があるのか？」

と、三上が、きいた。

「私にも、関係があるのか、ないのかわかりません。ただ、想像することはできます。K・サユリ弁護士は、アメリカでマイク・トーマス社長から、この話をきいて、依頼を引き受けた時から、莫大な遺産を、自分のものにすることを考えていたんだと思います。日本にやってきた時、リストの一番最初に載っていた、狩野徳三郎の孫、狩野仁を見つけ出しました。ですが、騙そうとして、いろいろと交渉を重ねたが失敗し、結局、殺してしまいました。実際に殺したのは、共犯者だと思っています。次に、リストの二番目にあった杉村彦一の子孫として、篠塚美奈の名前が、浮かんできました。狩野仁の失敗にこりて、周到に準備をしたのですが、偽者をうまく操れなくなったとき、彼女の友人の新藤ゆかりという女性を、見つけたのだと思います。新藤ゆかりに、篠塚美奈のことをきいているうちに、K・サユリ弁護士は、新藤ゆかりという女性が、自分の計画のなかで、使えると考えたのではないでしょうか？　つまり、新藤ゆかりを、うまく誘えば、自分の計画の、共犯者にすることができる。そう考えて途中から、新藤ゆかりを、共犯者として迎え入れたのかも、しれません」

「そうすると、君の頭のなかでは、K・サユリ弁護士、彼女の夫である加藤伸

二、それから、新藤ゆかり、この三人が、共犯者というわけだな？」
「はい、そう考えています」

「犯人から、篠塚美奈に、電話の指示が、なくなったというのも、本当なのかね？」

「神奈川県警の、川口警部にきいたところ、また、篠塚美奈と親しい、うちの西本刑事にきいても、犯人からかかっていた、彼女への電話が、ぴたっと、なくなったそうです。もう、篠塚美奈に、命令して、何かをやらせる必要が、なくなったんですよ」

「そうか、連中は、大金を手に入れたので、日本から逃げ出すつもりなんだな」

「それに、間違いありません。特に、K・サユリ弁護士の場合は、アメリカに帰るといえば、それを、阻止する方法がありません」

と、十津川が、いった。

4

次の日、神奈川県警の、川口警部から、十津川に、電話が入った。

「今日の、昼すぎになりますが、K・サユリ弁護士が、ひとりで、花束を持って、横浜の外国人墓地にきて、ケイコ・トーマスの墓碑に花束を捧《ささ》げて、帰っていきました。その時、募金を集めていた、保存会の人たちに、ぽんと、百万円を寄付したそうですよ」

「いよいよ、連中は、逃げ出す気ですよ」

十津川が、決めつけるように、いった。

「連中というのは、K・サユリ弁護士と、ほかに、誰ですか?」

「現在も、K・サユリ弁護士の夫である、元弁護士の加藤伸二、それに、新藤ゆかり、この三人です」

「加藤伸二は、今、どこにいるか、見当がつきますか?」

「実は、私も、それが、わからなくて困っているんですよ。新藤ゆかりを、誘拐して監禁し、篠塚美奈に、たびたび連絡をしていたのは、加藤伸二と考えて、間違いないと思うのですがね」

「三人は、高飛びしますか?」

「三人が共犯で、一億ドル以上の現金を、手に入れた。犯人たちのリーダーは、私は、加藤伸二だと思っていますが、どこに消えたのか、見当がつきません」

今のところ、十津川に、できることは〈帝国ホテル〉に泊まっているK・サユリ弁護士の監視を、強化することだけだった。

二日後、それが、成功した。

彼女が顔をしっている刑事が、監視をしたり、尾行したりすれば、気づかれる恐れがあるので、十津川は、ホテル側に協力を要請し、従業員に変装した刑事に監視させ、その連絡を受けて、尾行させるように、手配しておいた。そのひとりから、十津川に、連絡が入ったのである。

「今日、K・サユリ弁護士が、外出して、ホテル近くの、スイス銀行東京支店に、入っていきました。銀行のなかで、何をしたのかは、わかりません」

と、いう。

十津川は、その報告に小躍りした。

ただ、スイスの銀行というのは、秘密主義で、警察に対して、非協力的なことでも、しられている。

そこで、十津川は、三上刑事部長に頼んで、スイスの駐日大使に、日本の警察に、協力するようにとスイス銀行への要請書を書いてもらうことにした。

十津川は亀井と、スイス大使館にいって、その書類をもらうと、スイス銀行東京支店にいった。

スイス大使の書類を支店長に見せたあと、

「これは、殺人事件が絡んでいるので、ぜひ協力していただきたいのです」

と、念を押した。

支店長は、あまり、気が進まない様子だったが、それでも、

「わかりました」

と、いってくれた。

「今日、K・サユリという、女性弁護士がきたはずなんです」

十津川が、いうと、支店長は、

「ええ、いらっしゃいましたよ」

と、あっさりうなずいた。

「彼女は、かなりの金額を、振り込んだのでは、ありませんか？　一億ドル以上の金額です」

十津川が、いうと、支店長は、

「正確な金額までは、申しあげられませんが、K・サユリという女性弁護士がきて、ドルで、振り込みをしたことは、間違いありません」

「スイス銀行の、どこの支店の、何という口座に、振り込んだのか、教えてくれませんか？」

と、十津川が、いうと、

「本当に、あの女性が、殺人事件に、関係しているんですか？」

支店長が、逆に質問してきた。

「間違いありません。そちらの協力があれば、殺人容疑で、彼女を逮捕することができるのです」

十津川が、いうと、支店長は、しばらく考えたあと、

「ジュネーブにある、スイス銀行ジュネーブ支店への、振り込みです」

「誰の口座ですか？」

十津川が、きいた。

「個人名だけは、勘弁していただけませんか？」

と、支店長が、いう。

「それでは、その口座の持ち主が、日本人かどうかだけでも、教えてください」

「日本人の口座です」

「それでわかりました」

と、十津川は、いった。

支店長のほうは、拍子抜けした顔で、

「これでいいんですか？」

支店長が、日本人の口座だといった途端に、全貌が、わかったのである。

「日本人の口座なら、間違いなく、加藤伸二の作った、口座だ」

十津川は、亀井に、いった。

犯人が、突然、篠塚美奈に、電話をしてこなくなった。それは、犯人の加藤伸二が、日本を脱出して、スイスにいっていたからなのだ。

彼は、スイスにいき、スイス銀行ジュネーブ支店に、自分の名前の、口座を作った。そこへ、K・サユリ弁護士が、一億ドル以上の大金を振り込んだということである。

これで、間違いなく、K・サユリ弁護士も、日本を脱出して、スイスに向かうのだろう。

新藤ゆかりも、おそらく同じように、日本を脱出するのではないか？

十津川は、警視庁に戻ると、三上刑事部長に、スイス銀行東京支店での、やり取りを報告した。

「インターポールを通じて、スイスのジュネーブにいる加藤伸二を、逮捕してくれるように、頼んでください。容疑は、殺人と詐欺です」

　十津川が、いった。

「間違いなく、君のいう加藤伸二が、スイスのジュネーブに、いるんだな？」

　三上が、念を押した。

「間違いありません。彼は、K・サユリ弁護士と示し合わせて、一歩先に、日本を脱出すると、スイスのジュネーブにいって、スイス銀行ジュネーブ支店に、自分の名前の、銀行口座を作ったのです。そこに、K・サユリ弁護士が、トーマス商会から、ねこばばした一億ドル以上の大金を、振り込んでいるのです。まもなく、彼女も、日本を脱出して、スイスに向かうでしょう。ですから、その前に、まず、ジュネーブにいる加藤伸二を、逮捕してしまいたいのです」

「彼の口座に、K・サユリ弁護士が、大金を振り込んだんだな？」

「そうです」

「その大金を、今、ジュネーブにいる加藤伸二が、素早く引き出して、すでに、姿をくらませてしまったんじゃないのか？　そうだとすると、簡単には捕まらないぞ」

と、三上が、いった。

「加藤伸二は、まだ、ジュネーブにいて、振り込まれた大金も、スイス銀行ジュネーブ支店の口座に、そのままに、なっていると思います」

「どうして、そう思うんだ？」

「今のところ、スイス銀行ジュネーブ支店が、一番確実で、安全な大金の、隠し場所だからです。われわれが、気づいたことをしれば、すぐに引き出すでしょうが、われわれが、気づいたとは、思わない限り、そのままに、なっているはずです」

と、十津川が、いった。

三日後、インターポールを通じて、スイス警察が、加藤伸二を、逮捕したとしらせてきた。十津川は、このことを、しばらくの間、伏せておいてもらうよう、三上に頼んだ。

さらに、その翌日〈帝国ホテル〉に泊まっていたK・サユリ弁護士が、チェックアウトしたというしらせが、入った。

ホテルの周辺に待機していた覆面パトカーが、彼女の乗ったタクシーを、尾行する。行き先にも、見当がついていた。

案の定、彼女の乗ったタクシーが向かったのは、成田の国際空港だった。

まっすぐ、迷うことなく、K・サユリ弁護士は、出発ロビーに、入っていく。

十津川たちも、そのあとを、追った。

彼女は、出発ロビーに入っていって、どこかに、携帯電話をかけていた。

いったん、外に出ると、また、携帯電話を、かけている。

その後、首をかしげながら出てきたところを、十津川たちが、取り囲んだ。

「K・サユリさん。あなたを逮捕します。容疑は、殺人と詐欺です」

と、いって、十津川は、K・サユリ弁護士に、逮捕状を突きつけた。

それでも、K・サユリ弁護士は、顔色を変えたりはしなかった。

「どうして、私が、逮捕されなければならないのでしょう？　殺人なんか、女の私に、できませんよ。それに、詐欺容疑なんて、いったい、どんな詐欺を、やったというのですか？」

K・サユリが、いった。

「殺人は、あなたの共犯者である、加藤伸二がやったことです。詐欺のほうは、あなたが主役だ。ケイコ・トーマスの、子孫を探し出して、莫大な遺産を分配するようにと、依頼されながら、あなたは、その遺産を分配せず、すべて、ひとり占めにした。もう、わかっているんですよ」

十津川が、いう。

「そんなことはありませんわ。私は、これからアメリカに帰って、分配した結果を、依頼主である、トーマス社長に、報告しようと思っているんですからね」

K・サユリ弁護士が、いう。

「それは、おかしいですね。あなたの行き先は、アメリカではなく、スイスの、ジュネーブじゃないんですか。スイス航空に乗るんじゃありませんか？」

「どうして、私が、スイスに、いかなくちゃいけないんですか？」

「あなたが『帝国ホテル』のそばにある、スイス銀行東京支店から、スイス銀行ジュネーブ支店の加藤伸二の口座に、一億ドル以上の大金を、振り込んだことは、もうわかっているんです。さっき、何度か、携帯を、かけていらっしゃいましたね？　スイスにいる、夫である加藤伸二に、電話したんでしょう？　でも、相手は、出なかったはずですよ。何しろ、すでに、スイス警察に、逮捕されていますからね」

と、十津川が、いった。

それが決め手になった。

十津川の言葉をきいた途端、K・サユリ弁護士の顔色が変わった。

5

その二日後の日曜日、大勢の人出で賑わう、横浜の山下公園の海で、死後一週間ほど経った若い女性の水死体が、発見された。

新藤ゆかりの死体と確認された。

おそらく、新藤ゆかりの利用価値がなくなったので、加藤伸二が彼女を殺して、海に、捨てたのだろう。

〔この作品はフィクションで、作中に登場する個人、団体名など、全て架空であることを付記します。〕

本書は二〇一二年十月、祥伝社より刊行されました。

双葉文庫

に-01-100

外国人《がいこくじん》墓地《ぼち》を見《み》て死《し》ね

2021年8月8日　第1刷発行

【著者】
西村《にしむら》京《きょう》太郎《たろう》

【発行者】
箕浦克史
【発行所】
株式会社双葉社
〒162-8540 東京都新宿区東五軒町3番28号
［電話］03-5261-4818（営業）　03-5261-4831（編集）
www.futabasha.co.jp（双葉社の書籍・コミックが買えます）
【印刷所】
大日本印刷株式会社
【製本所】
大日本印刷株式会社
【カバー印刷】
株式会社久栄社

【フォーマット・デザイン】
日下潤一

ISBN978-4-575-52486-4 C0193
Printed in Japan